AF215732

# Gratis ins Glück

MARTINA HEYD

# Gratis ins Glück

Roman

**Bibliografische Information der Deutschen Nationalbibliothek:**
Die Deutsche Nationalbibliothek verzeichnet diese Publikation
in der Deutschen Nationalbibliografie; detaillierte bibliografische
Daten sind im Internet über http://dnb.dnb.de abrufbar.


© 2019 Martina Heyd
Satz, Herstellung und Verlag:
BoD - Books on Demand, Norderstedt


ISBN: 978-3-7494-3786-3

# Inhalt

# Lost in Leer

Die weiße Eule saß in einem Baum und überblickte das weite Feld nach Leckerbissen. Linda saß auf dem Beifahrersitz und genoss die Aussicht: Von frischen grünen Wiesen träumte sie, denn momentan blitzte schales Beige-Grün aus dem steinharten Ackerboden. Sie schaute wie magisch angezogen in Richtung Baum, und da trafen sich ihr Blick und der Blick der weißen Eule. Der Blick der Eule und der ihrige flossen zusammen, und ihr war, als ob sich die Zeit ausdehnte und stehen blieb. Der Eulenblick rauschte durch sie hindurch. An ihrem inneren Auge zogen Bilder und Szenen vorbei: das Auto, in dem sie saß, der Augenblick, der wieder Vergangenheit war.

Eine Eule zu sehen war ihr noch nie passiert, und es war eine schneeweiße Eule. Dies erzeugte in ihr für den Moment ein euphorisches Gefühl.

Könnte das eine Bedeutung haben? Eine Wende in ihrem Leben anzeigen oder eine versteckte Botschaft? Viele Bilder hatte sie gesehen und nichts erkannt, bislang hatte sie keine Eule in der Natur entdeckt – jedenfalls nicht in Ostfriesland – und sie kannte lebende Eulen nur aus dem Wildgehege beziehungsweise Zoo.

Seit Jahren sammelte sie Eulen, und die Sammlung, die in ihrer Wohnzimmervitrine stand, hatte ein beträchtliches

Ausmaß angenommen. Eine Eulenexpertin war sie nicht, eher eine Eulenliebhaberin.

*Eulen galten als weise und kommen in Märchen vor. Vielleicht weist mich die Eule auf eine Veränderung hin, die ansteht! Es kommt, wie es kommt,* grübelte Linda halblaut vor sich hin.

Sie fuhr im Auto mit ihrer Freundin Katinka Wegeberg, und diese steuerte den Supermarkt an. Der Einkauf für das Wochenende war fällig. Wie es oft im Leben war: Wenn man vorher an etwas intensiv dachte, tauchte es ständig auf. In ihrem Fall hieß das: Sie war sprichwörtlich umringt von Eulen. Überall zeigten sie sich auf einmal: auf Einkaufstaschen, Ketten, Tüchern, Tischdecken, Bettwäsche und Geschenkpapier.

Katinka hatte tüchtig eingekauft und Obst, Milch, Käse und Aufschnitt in den Einkaufswagen gefüllt. Die vier Tomaten, eine Gurke und ein Mozzarella-Käse von Linda sahen verschwindend gering dagegen aus, um nicht zu sagen mickrig. Linda stellte sich an der Kasse an und sinnierte über das Weihnachtsmärchen »Drei Nüsse für Aschenbrödel«, das ihr einfiel. Sie hörte innerlich die Filmmusik im Ohr und sah ihre schneeweiße Eule in dem Märchenfilm. Wie eigenartig. Hatte es mit ihren Wünschen und Träumen in ihrem Leben zu tun? Sie legte ihre Einkäufe auf das Band und zahlte. Katinka wartete draußen und streckte ihr eine Schokolade mit einem Eulenmotiv auf der Verpackung entgegen.

»Hier, ein Leckerli! Geschenke erhalten die Freundschaft, du Eule! Grübel nicht so viel, es ist sagenhaft, dass dir das passierte! Wow, du hast eine weiße Eule gesehen!«,rief Katinka lachend und zeigte dabei ihre makellosen Zähne.

Linda bedankte sich und steckte die Schokolade in ihre Handtasche. Ihre Freundin hatte es eilig, denn mit rasantem Fahrstil brachte sie Linda nach Hause.

»Tschüss, bis morgen!«,verabschiedete sie sich und stieg aus dem Wagen. Ihre Freundin brauste mit ihrem alten Ford davon.

Kaum hatte Linda den Schlüssel in ihrer Wohnungstür umgedreht, sauste ihr kleiner weißer Kater Willi ihr entgegen und begrüßte sie mit lautem Miauen. Das Biest hatte Katzenstreu in der ganzen Wohnung verteilt, und überall lagen die Streukügelchen.

»Willi! Du Räuber!«, schimpfte sie. Ihr war bewusst, dass es egal war, was sie rief. Ihrem Kater war das so was von schnuppe. Willi zeigte seinen Frust, da sie sich wenig um ihn kümmerte, denn ihr Zuhause war eher ein Zwischenstopp für sie.

Sie räumte ihre Einkäufe in den Kühlschrank und staubsaugte rasch die Streukügelchen vom Boden auf. Nach getaner Arbeit holte sie sich einen Schokoladenpudding aus dem Kühlschrank, setzte sich auf ihre kiwigrüne Couch im Wohnzimmer und starrte aus dem Fenster in einen grauen Tag. Überhaupt war die Farbe Grau *die* Farbe in Ostfriesland und wurde nur durch das ebenfalls für Ostfriesland so typische saftige Grasgrün abgelöst.

Der Schokoladenpudding schmeckte ihr, und war das Zuckertrösterchen, welches sie brauchte. Ihr Smartphone klingelte. Eventuell war es Paul, ihr Ex-Mann. *So ein Blödsinn*, schalt sie sich innerlich.

»Hallo Paul! Was gibt's?«, hauchte sie, wie sie meinte, extra freundlich in ihr Smartphone.

»Linda? So freundlich?«

»Ja, genauso freundlich – so freundlich wie du!« Diese spitze Bemerkung verkniff sie sich nicht.

Sie hatte ihm verziehen, dass er mit der Verkäuferin vom Drogeriemarkt für ein Weekend nach Hamburg gefahren war, denn seit ihrer Scheidung im Herbst war ihre Ehe beendet. Ihr Ex-Mann war Ende August aus der gemeinsamen Kuschelburg ausgezogen.

»Hallo! Ich komme gleich auf den Punkt, Linda, ich habe ein Ticket für einen Workshop bzw. Vortrag für positives Denken und Meditieren, das ganze neumodische esoterische Zeug! Für mich ist das nichts, aber du hattest doch für diesen esoterischen Kram Interesse? Wenn du magst, kannst du das Ticket haben!«

»Und wann soll das sein?«

»Ist kurzfristig, doch ich wollte es dir angeboten haben, bevor ich es im Internet auf dem Online-Markt anbiete!«

»Heißt das, du willst mir das Ticket schenken, oder soll ich es dir abkaufen?«

»Ja, ich schenke es dir, wenn du hingehst!«

»Okay, Paul, du kannst auf einen Kaffee vorbeikommen und mir das Glücksticket bringen!«, äußerte Linda sich ungewohnt impulsiv.

»Linda, ich bin in Zeitdruck, ich komme nur auf einen Espresso vorbei! Sagen wir in einer halben Stunde!«, rief Paul ins Handy und legte auf.

Trotz der Misere mit der Drogerietante hatten sie ein freundschaftliches Verhältnis. Teils regte sie sich darüber auf, dass er diese Anziehungskraft auf sie ausübte.

Sie hatte kurz ein Date mit dem Kerl von der Tankstelle in der Trennungsphase gehabt.

Da sie am liebsten italienische Küche mochte, verabredeten sie sich in einer Pizzeria. Das reichte – Praxis und Theorie sahen anders aus.

Außer ein paar zu nassen, nach Speichel schmeckenden Küssen war nichts gewesen, auf den Rest hatte sie geflissentlich verzichtet.

Es hatte Linda gereicht, als sie sah, wie er seine Pizza beim Essen zerfledderte und mit einem winzigen gerollten Zehn-Euro-Schein seine Minipizza und ein Mineralwasser bezahlte.

Und als er nachfragte, ob er einen Espresso bei ihr bekäme, erschauderte sie bei dem Gedanken daran, was danach käme.

»Hoppla! Der Espresso ist aus, und du gehst nicht mit mir nach Haus!«

Der Satz kam schlagfertig aus ihr heraus und reimte sich sogar. Mit einem Sprung hechtete sie aus dem Auto, und die Sache mit dem Tankwart war erledigt. Nach dieser Begegnung wechselte sie die Tankstelle.

Das kleine Katzenbiest sprang zu ihr auf das Sofa und kuschelte sich an sie.

»Mal sehen, ob der Ex-Schatz wieder zu mir zurückkommt!«, flüsterte sie dem Katerchen ins Ohr, der desinteressiert da lag und sich sein Pfötchen leckte. Dummerweise schrien das Herz und die Sehnsucht nach den heißen Nächten mit Paul, ihrem Ex-Mann.

*Nein, Linda,* mischte sich ihr Gehirn ein und wischte eine hell leuchtende Traumwolke unsanft beiseite.

Auf ihrem lavendelfarben gestrichenen Sideboard lag ein Pendel, und sie pendelte und fragte:

»Ist hier Linda Meerwert?«

Das Pendel drehte sich im Kreis, und das hieß *ja.*

»Wohnt Paul in Torsholt oder in Ofen?«

Mit winzigen Bewegungen nach rechts und links regte sich das Pendel – keine Kreise. Das war korrekt, denn ihr Ex lebte wie sie in Leer.

»War er mit der Drogerietante in Hamburg gewesen?«

Eindeutige Kreisbewegungen, hier die Bestätigung, und zwar deutlich.

»Hatten die beiden Sex?«

Diese blöde Frage musste sie wieder abfragen, dabei war das egal, denn sie waren geschieden. Das Pendel bewegte sich von rechts nach links, ohne Kreise zu ziehen. Doppelt hält besser, und sie fragte:

»Hatten die beiden Sex?«

Wieder pendelte es von rechts nach links – keine echte Kreisbewegung.

Beflügelt von diesen Aussagen, pendelte sie weiter.

»Werden Paul und ich wieder ein Paar?«

Das Pendel bewegte sich kaum und fing an, unwillig hin- und herzupendeln, es gab keine Kreise.

»Ach, weg damit, so ein Quatsch!«, sagte Linda entschieden, ging in die Küche und legte das Pendel dort auf die Theke. »Soll er doch bleiben, wo der Pfeffer wächst! Dieser Dummkopf!« Sie griff zum Smartphone und rief Katinka an.

Mir ihren grünen Katzenaugen hatte sie etwas von einer Katze, und mit Kartenlegen und Pendeln kannte sich ihre Freundin aus. Katinkas Traum war eine Selbständigkeit als Lebensberaterin. Momentan arbeiteten sie beide in der Stadtverwaltung Leer in unterschiedlichen Abteilungen.

»Hey Katinka! Du könntest mir wieder etwas austesten!«

»Klar, mache ich. Was willst du wissen?«

»Ob ich mit Paul nochmal zusammenkomme?«

»Das kann ich gleich abfragen. Momentchen!«

»Linda, das ist eigenartig! Ich habe eine Bestätigung ausgetestet. Das heißt, du kommst mit Paul nochmal zusammen, aber da wird es noch einen anderen Mann in nächster Zeit in deinem Leben geben.«

»Katinka, das glaube ich nicht!«

»Linda, wenn du magst, lege ich dir die Karten, und wir sehen, was sich zeigt. Und dein Horoskop könnten wir auch anschauen. Wir können uns später beim Italiener in der Stadt auf einen Cappuccino treffen.«

»Wunderbar! Passt dir so in einer Stunde um halb drei? Dann besprechen wir, wann du mir die Karten legst!«

»Ja, bis nachher!«

Nach dem Telefonat mit ihrer Freundin Katinka ging es ihr besser.

Das war normal, ein Gespräch unter Freundinnen hatte über manches Tief hinweggeholfen.

Linda kämmte sich im Badezimmer ihr kurzes rotes Haar und schminkte sich die Lippen mit einem roséfarbenen Lippenstift. Sie hatte eine Schwäche für Farbe, Kitsch und Skurriles und gab sich schon einmal in ihrer Art, sich zu kleiden, die Freiheit, ein wenig geschmacklos herumzulaufen.

Leer hatte den Spagat zwischen einer modernen Stadt mit Fußgängerzonen und Geschäften sowie einer restaurierten Altstadt geschafft, und das mit dem Charme einer maritimen Diva.

Linda genoss es, in ihrer Freizeit durch die Innenstadt zu schlendern, und liebte ihre Arbeit und ihr Leben.

Der schräge Ton ihrer Klingel riss sie aus ihren Wachträumen.

*Paul*, stellte Linda fest, und da stürmte er in ihre Wohnung, kaum dass sie die Haustür geöffnet hatte.

Er warf sich auf das Sofa, griff sich die Fernbedienung des Fernsehers und zappte sich durch die Programme.

»Wo ist mein Espresso, Eule?«

Mit Eule meinte er Linda. Diese hatte sich die Fernbedienung geschnappt und schaltete die Glotze wieder aus.

»Hallo Paul, wie geht es dir? Wie liebenswürdig von dir, dass du mich fragst, wie es mir geht. Mir geht es bestens! Komm mit, während ich den Espresso aus der Maschine lasse, dann quatschen wir ein wenig, denn viel Zeit habe ich nicht. Ich gehe nachher in die Stadt!«

Folgsam stand er auf und trottete Linda hinterher in ihre ehemals gemeinsame Küche, die er seinerzeit im dezenten amerikanischen Stil renoviert hatte. Er setzte sich auf den abgewetzten Barhocker an der Frühstückstheke und wartete auf seinen Espresso.

»Hast du was vor in der Stadt?«, fragte er.

»Ja, sonst würde ich zuhause bleiben!«, erwiderte Linda mit sanftem schnippischem Ton.

Er zeigte sich unbeeindruckt und bohrte weiter: »Hast Du Wichtiges zu erledigen?«

»Du willst es jetzt aber wissen. Ich treffe mich mit Katinka auf einen Cappuccino beim Italiener!«

Paul und sie tranken schweigend ihren Espresso zu Ende. Er griff in seine Hosentasche, zog ein Ticket heraus und legte es auf die Theke.

Er sah das Pendel, welches auf der Küchentheke lag.

»Pendelst du noch? Egal, nächste Woche, nach dem Seminar, brauchst du das nicht mehr! Dann weißt du, wie es funktioniert!«

Er stand auf, beugte sich über sie und schnupperte an ihrem Hals. Sie wich zurück, und dabei streiften sich ihre Wangen. Unvermittelt küsste er sie zärtlich auf die Stirn zum Abschied.

»Tschüss, Eulenmädchen!«

»Tschüss, Paul! Und sage nicht Eulenmädchen zu mir!«

Mit ihren zerzausten roten Haaren und ihrer Brille, die sie trug, ein schwarzes auffälliges Gestell, hatte sie etwas von einer Eule.

Das hörte Linda öfters, prickelnd fand sie das Kompliment nicht. Die Tür fiel ins Schloss, und das war es.

*Diesen Freak wünschte sie sich wirklich zurück? Fiel ihr da nichts Besseres ein? Nach dem Motto: Jeder bekommt das, was er verdient. Und ist das wirklich so?*

# Wirklich geschenkt?

Pauls Worte hallten in ihr nach.

*Was? Sie sollte dann wissen, wie es geht? Eine maßge-schneiderte Welt, leben, wie es ihr gefällt?*

Über das positive Denken hatte sie rauf und runter ge-lesen, was der Büchermarkt hergab.

*Meine Güte,* dachte Linda, *mit 35 Jahren kinderlos und geschieden, da wird es höchste Zeit, sich die eigene Welt zu gestalten, à la bezaubernde Jeannie, hieß nicht eine uralte Fernsehserie so? Ostfriesisch ist das nicht!*

Sie war erst im Alter von 19 Jahren, nach ihrem Abitur, mit ihrer Mutter von Baden Württemberg nach Leer umge-zogen. Ursprünglich stammte ihre Mutter aus Ostfriesland, sie wuchs dort auf. Nachdem sie wieder in Leer wohnten, begann ihre Mutter, in einem Reisebüro zu arbeiten. Sie freundete sich mit der Besitzerin an, im Laufe der Jahre entwickelte sich eine Beteiligung, und inzwischen war ihre Mutter Inhaberin des Reisebüros.

Ihre Mam, wie Linda sie nannte, sprach Hochdeutsch mit dezentem badischem Dialekt. Linda sprach Hochdeutsch und ab und zu Wörter aus dem Ländle. Plattdeutschspre-chen fiel ihr schwer, doch sie begriff es vom Sinn her.

Sie sah, dass das Seminar am darauffolgenden Wochen-ende stattfand.

An der Stelle miaute Willi, als ob er ihr sagen wollte:

»Du willst das, und du machst es, Linda!«

*Das gab es nicht – jetzt kommentierte der Kater schon!*

Für das Seminar gab es eine Eintrittskarte, und sie las:
»Verzaubere Deinen Alltag!«

Das Ticket war auf royalblauem, festem Papier gedruckt und über und über mit goldenen Sternchen bedeckt.

Da sie für das nächste Wochenende nichts vorhatte, nahm sie ihr Smartphone in die Hand und wählte direkt die Telefonnummer, die darauf stand.

»Moin! Ich rufe wegen des Seminars für das nächste Wochenende an und wollte mich anmelden. Das Ticket habe ich von Paul Weinert bekommen, der hatte es sich gekauft, kann jedoch nicht daran teilnehmen. Ich würde gern an seiner Stelle dabei sein, wenn das ginge?«

Eine männliche Stimme antwortete:

»Warum sollte das nicht gehen? Wie ist denn Ihr Name?«

»Ich heiße Linda Meerwert!«

»Linda Meerwert, ja, habe ich notiert. Wir sehen uns nächste Woche. Haben Sie das Ticket? Auf dem Ticket steht alles!«

»Ja, Veranstaltungsort Bad Zwischenahn in der Wandelhalle, Beginn morgens 10 Uhr, bis 16 Uhr. Das Seminar findet nächsten Samstag statt. Also nicht morgen am Samstag, sondern übernächsten Samstag. Und mit wem habe ich gesprochen?«

»Mein Name ist Sebastian Olaf Sielhorn. Wir sehen uns bei der Veranstaltung, Frau Meerwert! Tschüss!«

Linda ließ sich auf ihr Sofa fallen und atmete tief durch. Sie hatte sich tatsächlich angemeldet.

Für einen Freitagnachmittag war einiges passiert: Zuerst schneite Paul herein, schenkte ihr ein Vortragsseminar, und sie hatte eine Verabredung im Eiscafé mit ihrer Freundin Katinka.

Sie war spät dran, und wegen der Fitness und der Figur wollte sie zu Fuß aufbrechen.

Rasch die Jacke an und die Handtasche geschnappt und ein schnelles *Bye Willi* gerufen. Auf halber Strecke klingelte ihr Handy.

»Hallo Katinka, was gibt's?«

»Sorry, Linda, ich sage dir ab, denn ich habe Gäste. Meine Schwester und ihr Mann aus Oldenburg sind mit dem Kleinen da, und ich hatte es vergessen, dass sie mich besuchen wollten. Bist du schon unterwegs?«

»Ja, ich bin fast da, wie schade! Sag Grüße von mir! Wir telefonieren wieder! Tschüss!«

*So was Blödes, allein ins Eiscafé mag ich nicht oder gehe ich zurück und lege mich gleich auf die Couch?*, überlegte sie.

Langsam trottete sie nach Hause. Sie schloss ihre Wohnungstür auf, schnappte sich ihren Flauschieanzug für zuhause, den mit den Einhörnern und Colaflecken. *Kommt eh kein Prinz mehr angeflogen heute Abend auf seinem Zauberteppich.*

»Videoabend mit Schnittchen und Kartoffelchips ist angesagt!«, sprach sie zu sich.

Freitagabend-Feeling pur. Ihr Kater lag eingerollt zu ihren Füßen und schnurrte vor Begeisterung. Sie hatte sich den alten Lieblingsfilm ihrer Mutter, »Pretty Woman«, eingelegt. Ihr war nach Kitsch und Märchen, und sie genoss es. Sie zelebrierte ihre bescheidene Fressorgie und den Schnulzenfilm, dass sie alles um sich herum vergaß.

Um die Zeit vor dem Fernseher zu optimieren, hatte sie sich eine Crememaske auf ihr Gesicht aufgetragen und lag auf ihrer Couch. Die Chipstüte in der einen Hand, mit der anderen zappte sie auf der Fernbedienung.

Sie erinnerte sich kaum an den Film. Zuletzt hatte sie ihn mit ihrer Mam zusammen angeschaut, und Mam war inzwischen fast 66 Jahre alt und sie in ihrem 35. Lebensjahr.

Lindas Mantra lautete:

*Ich will keine alte Jungfer sein. Ich will nicht als ewige Singlemaus enden. Und fett und hässlich bin ich nicht.*

Ein Gläschen Prosecco rundete den Videoabend ab. Willi kam und schubste sie an, das hieß: *Komm, geh schlafen, Linda!*

\*\*\*

»Huhu, du Langschläferin! Guten Morgen, die Sonne scheint!«

Fröhlich trällernd stand ihre Mam in der Schlafzimmertür, und Linda blinzelte und sah ihre Mam mit einer gefüllten Brötchentüte winken.

»Mam! Du weißt, dass ich nicht will – außer im Notfall –, dass du meinen Wohnungsschlüssel benutzt! Guten Morgen!«

»Ich konnte nicht widerstehen, frische Brötchen zu kaufen und dich zum Frühstück zu überraschen!«

Linda fiel auf, dass ihre Mam mehr sang, als sprach, und sie hatte wieder eine überbordende Laune.

»Es gibt Neuigkeiten!«

Ihre Mam platzte vor Mitteilungsfreude.

»Was für Neuigkeiten denn?«, fragte Linda, die inzwischen an dem von ihrer Mutter gedeckten Tisch saß und sich ihr erstes Marmeladenbrötchen schmierte.

»Wir fahren nach Paris!«

»Wer wir? Mam, wen meinst du denn?«

»Du weißt doch, mein Freund Karl und ich!«

»Ach so, Karl und du! Das ist toll, Mam!«

Linda merkte, dass ihr Laune-Barometer nach unten sank. Hatten denn alle den Drang, sie zu quälen mit ihren Jubelbotschaften, und Mam auch?

Nicht genug, dass sie dieselbe Hosengröße wie sie trug, nein, sie hatte sogar die gleichen Jeans und besuchte dasselbe Fitnesscenter.

Früher war es so, dass Mutter wartete, bis Tochter zum Kaffeetrinken vorbeikam, und heute musste sie sich anstrengen, um im Vergleich mit ihrer Mam mitzuhalten. Linda rang nach Fassung. Sie frühstückte weiter und kaute inzwischen an ihrem zweiten Brötchen, das mit von Mam gekochter dick aufgetragener Erdbeermarmelade bestrichen war.

Ihre Mam und sie erzählten sich alles – wie beste Freundinnen. Begeistert berichtete sie ihrer Mam von dem Vortrag des nächsten Wochenendes.

»Da bin ich mit Karl in Paris, wenn du dein Vortragsseminar hast, sonst wäre ich gerne mitgekommen!«

»Schade! Ich erzähle dir, wie es war, Mam!«

»Wie kommt ihr nach Paris? Fliegt ihr oder fahrt ihr mit dem Auto?« Linda sah ihre Mam bedauernd an, doch ihr war es recht, dass ihre Mam etwas vorhatte. Oft war sie in Begleitung ihrer Mam, und diese stand überwiegend im Mittelpunkt. Momentan rührte sich in ihr Widerstand, denn sie beabsichtigte, nicht weiter im Schatten ihrer Mutter zu stehen, definitiv war das ihre Interpretation.

Willi saß neben ihrer Mam und ließ sich streicheln. Die

Sonne schien in die behagliche kleine Küche, in der sie mit ihrer Mam auf der Eckbank saß und frühstückte. Der Kaffeeduft verbreitete sich in der Wohnung, gemischt mit dem Aroma der Erdbeermarmelade.

*Der Geruch von Heimat, genauso roch der frisch gebrühte Kaffee bei Omi in Greetsiel*, sinnierte Linda wehmütig.

Das Mobiliar in ihrer Küche war alt. Der Küchenschrank, ein Erbstück ihrer heiß geliebten Omi, hatte sie mit hellblauer Farbe gestrichen. Der Charme von Sperrmüll, oder moderner ausgedrückt: Die Bezeichnung Shabby Look würde zu ihrer Küchenausstattung passen.

»Liebes, ich gehe, ich bin noch mit Karl verabredet. Wir fliegen ab Hannover nach Paris! Da gibt es wegen der Reise ein paar Sachen zu besprechen.«

Die Eingangstür fiel ins Schloss, und Linda war wieder auf sich gestellt. Bequem setzte sie sich auf das Sofa, um ihren restlichen Kaffee zu trinken. Sie hatte sich noch einmal das Ticket vom Workshop geschnappt und betrachtete es. Die Rückseite hatte sie nicht gelesen, da stand:

*Bringen Sie Schwung in Ihren Alltag und begeben Sie sich auf frische Wege! Bitte fertigen Sie eine Liste an, über das, was Sie in den nächsten 12 bis 24 Monaten erleben möchten (mindestens 10 Punkte).*
*Notieren Sie: Was wollen Sie erleben? Ebenso: Wie und wo? Geben Sie sich Mühe und schreiben Sie es ausführlich auf. Diese Liste nennt sich Lebe-sofort-Liste. Der Vortrag dauert circa vier Stunden und ist mit vergnüglichen Showeinlagen gewürzt.*

Linda sprach amüsiert vor sich hin:

»Auch das noch! Eine Liste anfertigen, so neu ist das nicht! Nennt sich auf Englisch *Bucket List* und zu Deutsch *Löffelliste*!«

*Stell dich nicht so an, miau!*

Verdutzt schaute sie zu ihrem Kater.

*Oh je, jetzt höre ich schon Willi zu mir sprechen.*

Sie schüttelte ihren Kopf und griff ihr Smartphone. Es gab Nachrichten vom Dating-Portal. Gleich drei Männer wollten sich mit ihr treffen. Zwar hatte sie nach den letzten Pleiten keine Lust, sich erneut zu verabreden, doch ihre Neugierde siegte. Sie rief sich einen ihrer Lieblingssätze ins Gedächtnis, um sich zu motivieren: *Nimm es sportlich!*

Ihre Gedanken schweiften ab, und ihr fiel wieder die gestrige Begegnung mit der weißen Eule ein, diese kurze Sequenz, die ihr so unwirklich vorgekommen war.

Sie suchte im Internet nach Eulenfotos und wartete gespannt auf das Ergebnis. Sie fand ein Foto von einer weißen Eule, und ihr fielen sofort die enormen Augen und die Ohren auf.

Linda hatte ein ausgezeichnetes Gehör. Ihre Mam hatte früher immer zu ihr gesagt, dass sie das Gras wachsen höre, weil sie oft unbewusst Kenntnis von irgendetwas hatte, obwohl es ihr keiner gesagt hatte. Das konnte sie sich nicht erklären. Sie hatte wenig Lust, es weiter zu hinterfragen – dafür hatte sie ihre Freundin Katinka.

Katinka hatte null Hemmungen, legte die Karten, sprach aus, was ihr in den Sinn kam, und es stimmte oft.

Auch über spirituelle Themen konnten sie reden, und vieles mehr.

»Du mit deinem Esoterik-Kram!«, sagte ihr Ex-Mann Paul früher abfällig.

Dass er ihr das Ticket zu dem Vortrag, welcher zumindest esoterisch angehaucht war, schenkte – das fand sie witzig.

Linda sinnierte weiter über die Eule und befand, dass sie ebenfalls Ähnlichkeit mit einer Eule hatte.

Sie trug die modische schwarze Hornbrille, da sie von Kindheit an kurzsichtig war, und hatte fedriges, kurzes rotes Haar.

Und wenn sie nachdachte, wirke sie wie eine Eule, hatte Paul zu ihr gesagt.

# Aufgewacht

Linda fuhr mit dem Fahrrad zu ihrer Freundin. Es war Samstagmittag, und die Freundinnen hatten sich zum Kaffeeklatsch und Kartenlegen verabredet. Katinka wohnte in der Altstadt, und aus ihrem Wohnzimmerfenster sah man bis zum Museumshafen. Wegen der historischen Altstadt von Leer kamen jedes Jahr, hauptsächlich im Sommer, die Touristen in die Stadt. Katinka und Linda spielten früher gerne Touristinnen im Straßencafé.

»Egal, Übermut ab und zu tut gut!«, fand sie, stellte ihr Fahrrad ab und klingelte bei dem Namensschild *Wegeberg*.

Karin Wegeberg öffnete die Tür. Sie trug ihr langes Haar dunkelbraun gefärbt und schlicht zu einem Pferdeschwanz zurückgenommen aus der Stirn. Mit ihrem ebenmäßigen Gesicht und ihrem Lächeln bot sie einen erfreulichen Anblick. Sie trug eine randlose Brille, die ihr bestens stand.

Sie erinnerte sich, dass Karin schon immer Katinka gerufen wurde; Karin sagte niemand zu ihr, das war schon zu ihrer gemeinsamen Ausbildungszeit bei der Stadtverwaltung Leer so gewesen.

»Huhu, bist du bereit? Die Karten rufen, Linda! Oder trinken wir zuerst Kaffee?«

»Was bin ich gespannt auf die Karten! Lass uns mal gleich die Karten legen! Katinka, deine neue randlose Brille steht dir so was von klasse!«

»Danke, und die Brille trägt sich leicht und ich sehe wesentlich besser mit den stärkeren Brillengläsern. Einen Becher Kaffee trinken wir nebenbei, und später zum Kuchen gibt es eine Kanne Ostfriesentee. Ich habe heute Morgen einen gedeckten Apfelkuchen gebacken.«

»Lecker. Ich freue mich auf unsere Teestunde!«

Die Freundinnen setzten sich an den rechteckigen Tisch im Wohnzimmer. Sie saßen sich gegenüber. Katinka mischte die Wahrsagekarten und legte ein Kartenbild aus. Sie beabsichtigte, ihrer Freundin einen Rundumblick in ihre Gesamtlage für die kommenden drei bis sechs Monate zu geben.

Auf dem Tisch brannte eine weiße Kerze, und um die Kerze herum lag ein Kreis mit Rosenquarz- und Bergkristallsteinen. Zuvor hatte sie den Raum mit Salbei ausgeräuchert, wegen der besseren Energie, wie sie Linda erklärte.

»Die Karten zeigen die momentane häusliche Lage von dir an, du wohnst solo mit einem Haustier, das ist mir bekannt, weil ich dich kenne. Hier ist deine Mutter angezeigt, sie hat einen Freund, das hast du mir erzählt. Er wird definitiv bei ihr bleiben, und diese Beziehung wird öffentlich. Es liegen die Karten der Park und das Kreuz bei ihnen! Bei dir, das heißt bei deiner Personenkarte, liegt das kleine Kind, der Anker, die Fische und die Karten des Partners, der reiche gute Herr sowie guter Herr. Du bist umzingelt von männlichen Wesen und brauchst nur wählen. Du darfst ihn dir aussuchen, Linda! Hier liegt der Klee, das kleine Glück, doch es scheint offen zu sein, wie es sich entwickelt. Eine Hochzeit sehe ich bei dir nicht, doch das Glück ist bei einer neuen Beziehung auf deiner Seite. Beruflich kommt etwas Neues auf dich zu. Es liegen die Karten Kind und Anker zusammen. Du bist im gebärfähigen Alter, hier könnte durchaus eine Schwangerschaft gemeint sein. Es ist nicht auszuschließen! Schau mal, da stehen mehr Männer am Start, als du glaubst! Und eine Reise liegt da. Wow, das ist aufregend!«

»*Was?* Dazu fällt mir nichts ein, doch ich habe nächsten Samstag ein Seminar in Bad Zwischenahn. In Sachen positives Denken, und das dürfte interessant werden.«

»Was möchtest du noch wissen?«

»Oh, das langt erstmal, von mir aus können wir Tee trinken.« Die Freundinnen setzten sich auf die Couch und ließen sich den Apfelkuchen und den Tee schmecken. Bis vor kurzem waren sie noch beide im Ordnungsamt der Stadt Leer beschäftigt gewesen, doch Katinka wurde ins Bürgerbüro versetzt und Linda in die Zulassungsstelle.

»So aussagekräftig waren die Karten lange nicht, echt der Hammer! Glaubst du, dass sich männermäßig bei mir so viel abspielt, hier in Leer? Ist da deine Phantasie nicht mit dir durchgegangen? Ich bin doch kein Vampir fatale!«

Sie mussten beide heftig lachen.

»Nein, ein Vampir fatale bist du wirklich nicht. Es heißt auch Vamp – oder Femme fatale auf Französisch.«

»Dann war das jetzt die ostfriesische Art Vamp fatal zu sagen, also Vampir fatale eben!«

Wieder lachten beide.

»Abgesehen davon, dass es anders heißt, könntest du viel mehr aus dir machen, Linda!«

»Was soll das denn heißen?«

»Du könntest etwas mehr Zeit und Geld in dein Aussehen investieren, das ist meine Meinung. Paul wäre schon lange kein Thema mehr für dich. Es gibt viele Möglichkeiten für dich!«

»Okay, ich denke darüber nach. Eine Tasse Tee trinke

ich noch, dann gehe ich. Ich möchte zuhause sein, bevor es dunkel wird.«

Nachdem der Tee ausgetrunken war, verabschiedete sich Linda.

»Heute haben wir über mich geredet. Beim nächsten Treffen bist du dran!«

Katinka nahm sie zum Abschied in den Arm und sagte: »Bis Montag.Tschüss.«

\*\*\*

Die Worte ihrer Freundin gingen ihr während der Fahrt nach Hause durch den Kopf: *Sie könnte vielmehr aus sich machen!*

Die Liste wollte sie zu schreiben beginnen, damit sie fertig war bis zum nächsten Samstag.

Kaum zuhause angekommen, schrieb sie ihre Lebe-sofort-Liste:

1. *Reisen*
2. *Lieben und Sex*
3. *Leben*
4. *Reichtum*
5. *Freundschaft*
6. *Kinder*
7. *Haus*
8. *Auto*
9. *Schmuck*
10. *Haustiere (Hund und Katze)*
11. *Selbständigkeit (eigenes Geschäft)*

Es fiel ihr nicht leicht, doch sie schaffte es, elf Begriffe auf ihre Liste zu setzen.

»Werde präziser, suche dir einen Punkt aus und schreibe auf, was dir einfällt!«‚sprach sie zu sich.

Sie beschloss, den Punkt sieben, das Haus, soll heißen Wohnen und Lebensumstände, genauer zu definieren.

»Wie wünsche ich mir zu wohnen?«, fragte sie sich.

Ein eigenes Haus hier in Ostfriesland, das wäre es, solo oder mit ihrer Mam mochte sie nicht in einem Haus wohnen. Sie träumte von einem älteren Haus mit Garten, ihrer eigenen Familie, Hund und Katze.

»Habe ich so wenig Phantasie?«

Grübelnd betrachtete sie ihre Wohnung: Alte Möbel mit neuen Möbeln kombiniert in allen Zimmern, und das Ganze bunt und durcheinander, so zeigte sich ihr Wohnungsstil.

»Wie möchte ich denn wohnen? Was gefällt mir?«, fragte sie sich. Schwerfällig bewegte sich ihr Hirn, ansonsten war sie schneller. Ihr gefielen klare, gepflegte Wohnungen, die zugleich wohnlich aussahen. Sie öffnete ihren Kleiderschrank, der vollgestopft war, und ihre Kleider quollen ihr entgegen. Sie fragte sich, wann sie den zuletzt aufgeräumt hatte. Das lag Jahre zurück. Ohne zu zögern, ging sie daran, ihre Kleidung zu sortieren, dazu holte sie sich die blauen Müllsäcke aus ihrer Küche.

Sie erinnerte sich an einen Zeitungsartikel, den sie vor einigen Tagen gelesen hatte, in dem stand, wie befreiend es sein sollte, sich von alten Sachen wie zum Beispiel Kleidung, Büchern und Geschirr zu trennen.

Von ihrem Ex-Mann Paul hatte sie sich getrennt, doch da gab es viele Dinge, die sortiert bzw. entrümpelt gehörten.

Sie beschloss, sich ab sofort mit dem zu umgeben, was ihr Geschmack war und was ihr gefiel.

»Linda, du brauchst Methode und Struktur!«, redete sie sich aufmunternd zu und schaute auf den blauen Müllsack in ihrer Hand.

Tief atmete sie durch und schloss die Augen, verschiedene Gedanken schossen ihr durch den Kopf.

Folgender Plan tat sich auf: zuerst die Küche, das Wohnzimmer und zum Schluss das Schlafzimmer, der Flur und das Bad.

Alle Räume wollte sie aufräumen und putzen.

Jedes Kleidungsstück begutachtete sie und entschied, ob sie es noch anzog. Wenn nicht, stopfte sie es in den blauen Sack.

In ihrem Schrank hatte sie Kleidung für drei Frauen: Eine trug Kleidergröße 38, die Nächste Kleidergröße 40 bis 42, und die Letzte trug Kleidergröße 44 bis 46. Ihre Klamotten in Größe 44 bis 46 spannten zwar, doch sie passten noch. Die Wut packte sie. Diäten hatte sie hinter sich, und sie hatte keine Lust mehr, sich mit diesen gestrigen Ladys zu befassen.

Wie befreit riss sie die Kleider der Größe 38 aus ihrem Schrank, und sie erkannte, dass das vorbei war, endgültig. Diese Kleider in Größe 38 hatte sie wie Reliquien aus einer vergangenen Zeit aufbewahrt. Ihre innere Stimme spottete: *Wann wolltest du denn da wieder reinpassen?*

Sie stopfte rigoros alles die Größe 38 betreffend in die Müllsäcke und benötigte drei dafür. Eine halbe Stunde später standen vier weitere Müllsäcke in ihrem Flur, denn Linda hatte ihre Kleidung der Größe 40 bis 42 ebenfalls aussortiert. Die blauen Säcke warteten auf ihren Abflug in den Altkleidercontainer. Erschöpft setzte sie sich auf ihr Bett und betrachtete ihren Kleiderschrank. Ihr Kleiderschrank war ein Wunderschrank: Ihr Schrank war immer noch voll. Viele Kleider hingen doppelt auf den Bügeln, und die T-Shirts und Pullis bildeten da keine Ausnahme.

»Wann war ich diese Linda, die ich heute entsorge?«, fragte sie sich.

Für solche Überlegungen hatte sie wenig Lust und schob die grauen Gedankenwolken weg. Sie rangierte weiter aus, alles, was doppelt in ihrem Schrank hing und von ihr nicht mehr angezogen wurde, egal in welcher Kleidergröße.

Sie sortierte wieder zwei Müllsäcke voll mit Klamotten aus.

»Bin gespannt, wie das sein wird, wenn ich mit der Aktion Kleiderschrank fertig bin«, grübelte sie.

Wehmütig schaute sie auf ihre entsorgte Kleidung in den blauen Müllsäcken. Das waren ihre schicken Sommerkleider und bunten Hosen, die sie nie trug – weil zu eng. Wie viele Kilos sie von diesen Klamotten wohl trennten, überlegte sie. Gleichzeitig beschwichtigte sie sich damit, dass es wesentlich kräftigere Mädels gab. In ihrer Süßigkeitenschublade in der Küche fand sie Schokolade, zwar nur zartbittere, doch die tat es auch. Voller Selbstmitleid schenkte sie sich ein Glas Milch ein, setzte sich an ihren Küchentisch und drückte sich ein paar Stückchen Schokolade rein.

Langsam kam Willi wieder angeschlichen und miaute, denn das Katzenfutter war leer. Linda stand auf und gab ihrem Kater ein wenig Trockenfutter in seinen Napf.

»So wirst du nicht schlanker, Willi. Im Gegenteil!«, ermahnte sie den Kater. Dieser schaute sie beleidigt an und fraß genüsslich sein Trockenfutter.

Linda betrachte von der Küche aus die insgesamt neun Müllsäcke im Flur, und sie atmete tief durch. Der Moment kam ihr bedeutungsvoll vor, wie ein Abschied von ihrem alten Ich.

Sie stand auf und begab sich in ihr Schlafzimmer. Meine Güte, sah es da aus!

Oh nein, alle möglichen Sachen fand sie auf ihrem Bett, all die Dinge, die sie in ihren Schrank gestopft hatte: Tücher, Taschen, Bücher, alte Schulhefte, Briefe, Schuhe, CDs und Parfüm.

»Jetzt helfe mir ein Karton!«, rief sie entschieden.

In eine große Schachtel gab sie alle Sachen hinein, die auf ihrem Bett lagen, und darüber warf sie eine bunte Tischdecke.

»Demnächst sortiere ich den Krempel, heute Abend definitiv nicht mehr. Wie konnte ich es so weit kommen lassen?«, flüsterte sie.

Dabei hatte sie sich auf ihre Ordnung so viel eingebildet, und im Augenblick hatte sie das Gefühl, ihr Leben explodierte.

Sie entschloss sich, die Säcke gleich zum Altkleidercontainer zu fahren.

*Und was war, wenn sie noch etwas von den Kleidern bräuchte?*

Sie ermahnte sich zum flotten Handeln, inzwischen war es 21 Uhr, und so spät durfte man nichts mehr in den Kleidercontainer geben. Doch sie hielt es absolut für notwendig, sonst hätte sie nicht gewusst, was sie tun würde.

Sie schaute an sich herunter. Ihre Jogginghose war staubig, und ihr rosa Shirt verschwitzt.

Nichtsdestoweniger zog sie sich rasch ihre Jeansjacke an und schlüpfte in ihre Ballerinas, schnappte sich die Haus- und Autoschlüssel und lud die neun Säcke in ihr Auto.

Sie rannte fünfmal die Treppen hoch und runter, bis alles im Wagen verstaut war. Zum Glück wohnte sie im ersten Obergeschoss, und so ging das Einladen rasch über die Bühne.

Linda fuhr in Richtung Einkaufsmarkt, denn da standen die Altkleidercontainer. Auf dem Weg dorthin kam sie an der Pizzeria Grazie vorbei. Vom Auto aus konnte sie sehen, dass fast alle Tische im Lokal besetzt waren, kein Wunder, denn die Pizza schmeckte dort ausgezeichnet.

»Eine Pizza und ein italienischer Salat würden mir schmecken nach der Entrümpelungsarie!«, erklärte Linda.

Der Altkleidercontainer war leer, und sie gab die neun Säcke hinein.

»Wow, wie befreiend ist das denn? Warum ist mir das nicht früher eingefallen?«

Dann parkte sie direkt vor dem Lokal.

In ihrem Schlüsselmäppchen hatte sie für Ausnahmefälle 20 Euro deponiert, denn ihre Handtasche hatte sie nicht dabei. Dass sie wie ein zerzaustes Huhn aussah, das vom Joggen kam, war ihr komplett egal.

In der Pizzeria angekommen, peilte sie einen Tisch in der Ecke des Lokals an. Der nostalgische Charme, den das Restaurant verströmte, mit seinen rot-weiß-karierten Tischdecken und alten Fotos von Rom an den Wänden, war nach ihrem Geschmack. Die Tischtücher auf den rechteckigen Tischen, die für vier Personen reichten, hatten vereinzelt Brandlöcher. Die Kerzenständer, typisch mit Baststreifen überzogene Weinflaschen, unterstrichen das rustikale Ambiente des Lokals.

Warum war sie so lange nicht hier gewesen, sinnierte sie, in Gedanken versunken.

»Signorina, wissen Sie, was Sie bestellen möchten?«, fragte der Kellner mit geschmeidiger Stimme.

»Eine Pizza Salami, einen italienischen Salat und ein Mineralwasser bitte!«

»Prego, Signorina, kommt soforte!«

Es dauerte keine fünf Minuten, bis sie ihr Mineralwasser bekam, und etwa eine Viertelstunde, bis ihre Pizza Salami und der italienische Salat serviert wurde. Genüsslich schnitt sie sich ein Stück Pizza ab und tauchte es in ihren italienischen Salat, um von der Salatsoße etwas an die Pizza zu bekommen.

»Was für ein Hochgenuss, allein Pizza zu essen! Brauchte sie dazu einen Mann oder eine Freundin, um einmal eine Pizza im Lokal essen zu gehen? Das käme auf ihre Liste, mindestens dreimal im Monat Pizza zu essen. Das war ein harmloses Vergnügen, und die Pizzerias gab es in Ostfriesland vor der Haustür. In Leer fielen ihr auf Anhieb fünf ein.«

Aus den Augenwinkeln konnte sie beobachten, wie ein recht passabel aussehender Typ, Ende dreißig bzw. Anfang vierzig, über ein Meter achtzig groß, schlank und dunkelhaarig, das Lokal betrat.

*Sieht aus wie ein Italiener*, lautete ihr Urteil, und sie aß hingebungsvoll an ihrer Pizza weiter.

»Ist der Platz an Ihrem Tisch frei? Darf ich mich zu Ihnen setzen? Heute ist ja jeder Stuhl besetzt!«

Prompt hustete sie.

»Ja, bitte!«

»Wenn mich der Appetit auf Pizza überkommt, gehe ich

am liebsten hierher. Die Pizza schmeckt klasse hier!«, erklärte ihr Gegenüber.

Der Kellner kam, und der *Italiener* bestellte eine Pizza Tonno und ein Pils.

»Wenn wir hier an einem Tisch sitzen, könnten wir uns auch unterhalten. Ich bin der Basti, und wie heißt du?«

»Gerne, ich heiße Linda!«

»Bist du von hier, Linda, ich meine, von Leer?«

»Ja schon, meine Mutter verschlug es beruflich nach Leer. Ich hatte mein Abitur in der Tasche, und mir blieb keine andere Wahl. Und du, Basti?«

»Ja, ich wohne auch in Leer und lebe gerne hier, mir gefällt die Nähe zur Küste!«

Linda stellte fest, dass Basti ebenfalls leger gekleidet war.

In ihrer Nase kitzelte es, sie registrierte seinen männlichen Geruch und sein Eau de Toilette. Kurz darauf bekam sie einen Niesanfall.

Nach etwa fünfzehnmal Niesen beruhigte sich ihre Nase.

»Hast du das öfter?«

»Ab und zu, ich habe keinen Schnupfen!«

Der Kellner brachte die Pizza Tonno von ihrem Tischnachbarn.

»Guten Appetit!«

»Danke, gleichfalls!«

Beide aßen ihre Pizzen, und die Unterhaltung wurde locker weitergeführt.

»Was machst du denn beruflich, Linda?«

»Ich arbeite in der Zulassungsstelle. Und du, was machst du so?«

»Ich bin Physiotherapeut und habe mit einem Kollegen eine Praxisbeteiligung in Bad Zwischenahn und schaffe zusätzlich hier in Leer in einer Praxis mit. Daneben halte ich Seminare bzw. Vorträge zu verschiedenen Themen ab, das ist mein Hobby.«

»Und was für Themen sind das?«

»Ach, da dreht es sich um positives Denken und Psychologie, weiter habe ich ein Showprogramm entwickelt!«

»*So?*«, entfuhr es Linda langgezogen. Dabei starrte sie ihn an.

»Das stelle ich mir spannend vor!«

»Weißt du, mit zielgerichtetem Denken können wir manches erreichen. Es ist so ein Unterschied, ob du etwas für gut befindest oder für schlecht. Alles beruht auf Anziehung und Energie, unsere Gedanken haben Kraft. Hast du davon schon mal was gehört, Linda? Interessierst du dich für diese Themen?«

Er lächelte sie an, und sie spürte, dass ihr warm wurde unter seinem forschenden Blick.

»Wenn ich jetzt sage, was das für ein beschissener Tag heute ist, oder blöder Tag und so weiter, dann hat dies eine Auswirkung, willst du mir das sagen? Ebenso, wenn ich überschäumend begeistert eine Reaktion habe, wenn ich zum Beispiel die Bluse beim Shoppen gefunden habe, die ich mir schon lange vorgestellt habe zu finden, könnte das eine Auswirkung haben. Meinst du das?«

»Ja, du bringst es, wenn auch vereinfacht ausgedrückt, auf den Punkt, Linda!«

»Basti, davon gibt es eine Menge Bücher auf den Markt. Irgendwie, irgendwo hat, glaube ich mittlerweile jeder schon vom positiven Denken gehört. So in die Tiefe gehende Information zu dem Thema, grundsätzlich und praktisch, das gefällt mir!«

»Der Büchermarkt ist voll von esoterischen oder psychologischen Büchern im Bereich Lebenshilfe, da zeigt sich, wie stark das Interesse der Menschen ist. In meinen Vorträgen gebe ich so viel Input und Denkanstöße, wie ich nur geben kann, und das humorvoll verpackt. Oft gibt es eine Resonanz bei den Teilnehmern, und das hat Auswirkung in deren Leben, so erzählt man es mir. Manche verlassen auch vor dem Ende der ersten Hälfte des Vortrages die Veranstaltung und erhalten ihr Geld zurück.«

»Das hört sich aufregend an, was passiert denn da? Nenne mir bitte ein Beispiel.«

Basti kam in Fahrt, und ehe er sich versah, war er dabei, einen Vortrag zu halten.

»Im besten Fall beginnst du, dir deine eigene Realität neu zu definieren, deine Lebensinhalte strukturieren sich neu, deine Lebensumstände könnten sich ändern. Du fängst an, dich neu wahrzunehmen, und agierst schrittweise verändert in deinem Leben. Nach und nach gibt es ein anderes Leben, das Leben, das du leben möchtest!«

Linda nahm ihr Glas mit dem Rest Mineralwasser in die Hand, trank den letzten Schluck aus und stellte das leere Glas langsam wieder auf den Tisch zurück.

»Ich habe heute Mittag meine Kleider aussortiert, nach dem ich mir eine Liste geschrieben hatte, was und wie ich leben möchte, so eine Art Löffelliste. Du weißt, auf einer Löffelliste kommt all das, was man vor seinem Tod erleben will. Stell dir vor, ich konnte erst aufhören mit dem Ausräumen meiner Klamotten, als ich neun Müllsäcke vollgepackt hatte. Ich habe sie vorhin im Altkleidercontainer entsorgt und bin hierher zum Pizzaessen. Ich spüre, dass es erst der Anfang einer krassen Aufräumaktion war.«

»Linda, du bist deinem Impuls gefolgt, nachdem du deine Liste geschrieben hast. Da hat etwas gewirkt, und es kam zu deiner Reaktion, dem Ausräumen deines Kleiderschranks. Diesen Tipp gebe ich in meinen Seminaren, weil es befreit – nicht nur äußerlich, sondern auch energetisch. Ich habe schon zweimal in meinem Leben alles total aussortiert und nur behalten, was mir gefiel und zu meinem aktuellen Lebensstil noch passte. Bevor ich mit meinem Seminar beginne, möchte ich, dass jeder Teilnehmer oder Teilnehmerin eine Liste erstellt und diese zum Seminar mitbringt. Diese Liste nenne ich Lebe-sofort-Liste. Im Seminar gehe ich darauf ausführlich ein, und ich nenne es deshalb Lebe-sofort-Liste, da ich den Begriff netter finde als Löffelliste. Es hat noch nicht diesen Geruch von Sarg und Krankenhaus wie die Bezeichnung Löffelliste, denn das verdrängen wir doch allzu gerne. Ich lege Wert darauf, dass sich jeder vorher Gedanken über sein Leben macht. Oft kommt vor dem Seminar so eine Aktion, wie du mir das eben erzählt hast.«

In Sekundenschnelle begriff sie, dass es Sebastian Olaf Sielhorn war, der vor ihr saß.

Sie fasste sich an ihre Stirn und sagte:

»Kann das sein, dass du Sebastian Olaf Sielhorn bist? Wir hatten heute Morgen telefoniert. Ich bin Linda Meerwert, und ich bin nächsten Samstag bei deinem Vortrag. Ist das ein Zufall!«

»Zufälle gibt es nicht im Leben! Unsere Aura schwingt gleich, und das hat uns angezogen, Linda.« Durchdringend lag sein Blick auf ihr, und er sprach mit leiser beschwörender Stimme.

Sie musterte ihn genauer, und irgendwie kam ihr das alles komisch vor.

Unterdessen kam der Kellner an den Tisch und sagte:

»Können Sie bezahlen, Signori? Wir wollen schließen! Getrennt oder zusammen?«

Ehe sie antworten konnte, hatte Basti schon »Zusammen!« gesagt und beglich die Rechnung.

»Danke!«

»Gerne, gibst du mir deine Handynummer, Linda?« Sie merkte, dass sie rot anlief.

Linda nannte ihre Nummer, und Basti tippte sie in sein Smartphone.

»So, jetzt gehst du mir nicht verloren! Wir treffen uns doch wieder? Ich fand den Abend so unterhaltsam mit dir!«

»Ja, können wir gerne wiederholen.«

Ihr Telefon läutete. Es war Basti, der ihre Telefonnummer sicherheitshalber gleich ausprobierte.

»Buena notte, Signori!«, rief der Kellner ihnen beim Hinausgehen zu.

Basti und Linda verabschiedeten sich mit Küsschen rechts und links.

Linda stieg in ihr Auto und fuhr beschwingt nach Hause.

# Na und

»Mannomann«, murmelte Linda mehr oder minder laut vor sich hin und betrat ihre Wohnung.

»Morgen melde ich mich krank. Quatsch, morgen ist ja erst Sonntag! Dieses Chaos, wohin führt das noch?«

Sie räumte ihren Sessel frei, setzte sich und ließ den Abend und die Unterhaltung mit Basti noch einmal Revue passieren, ebenso das Gespräch mit Katinka. Nebenbei schaute sie auf ihr Handy.

Paul hatte sich über WhatsApp gemeldet. Was schrieb er ihr da? Er wolle unbedingt vorbeikommen und ihr die Holztruhe zurückgeben, die er bei der Trennung bei seinem Auszug mitgenommen hatte.

Diese Truhe war ihre gewesen, ursprünglich gehörte die Holztruhe ihrer Oma. Inzwischen war es 23.20 Uhr.

*Bin zuhause*, antwortete sie, als ob es nicht bis morgen Zeit gehabt hätte. Sie hatte so ein merkwürdiges Gefühl, nachdem sie die WhatsApp-Nachricht abgeschickt hatte, dass es ein Fehler gewesen war, denn Paul schob nie etwas auf die lange Bank. Sofort kam seine Antwort:

*Bin auf dem Weg zu Dir – mit der Truhe!*

*Kaum ausgemistet, kommen die Sachen schon wieder zurück*, dachte sie. Sie schüttelte den Kopf, räumte rasch das Nötigste auf und kämmte sich die Haare im Bad.

Ihr Herz klopfte bei dem Gedanken, dass Paul kam, obwohl sie gerade noch Herzklopfen wegen Basti hatte. Das gibt es doch nicht! *Auch egal*, raunte ihr ihre innere Stimme zu.

Es klingelte, und sie öffnete extralangsam die Tür. Keuchend und ächzend trug Paul die Holztruhe in ihre Wohnung.

»Hier hast du das gute Stück wieder zurück. Wohin willst du es haben?«

»Ins Schlafzimmer bitte! Hier, stelle sie da an die Wand!« Paul stellte wie gewünscht die Truhe an der Wand ab.

»Was ist denn hier passiert? Ziehst du aus?«

»Ich habe heute Mittag angefangen, meine Sachen zu sortieren und zu entrümpeln.«

Paul stand vor ihr, sehr nahe, und sie berührten sich fast, denn sie spürte die Wärme seines Körpers.

»Und mich sortierst du jetzt auch endgültig aus?«, fragte er und schaute ihr dabei in die Augen.

Zärtlich schob er ihr Haar aus dem Gesicht, und ehe Linda sich versah, küssten sie sich. Dieser Kuss löste eine Explosion in ihnen aus, und sie fielen wie im Rausch übereinander her.

Die Kleidungsstücke flogen im Schlafzimmer umher, und schließlich lagen sich Linda und Paul in den Armen, ihre nackten Körper eng verschlungen.

Von hörbarem Stöhnen begleitet, schaukelten sie sich gegenseitig in Ekstase.

»Das darf nicht wahr sein!«, entfuhr es ihr fassungslos.

In letzter Konsequenz siegten die Anziehungskraft und die Lust, dann schliefen beide erschöpft ein.

Linda erwachte, wie sie meinte, zuerst und begriff, dass sie allein im Bett lag.

»Paul, wo bist du?«

Sie stand auf und tapste schlaftrunken durch ihre Wohnung, doch von Paul keine Spur. Auf dem Küchentisch lag ein Zettel, auf dem las sie:

*Moin Linda Baby,*

*Du bist eine Granate im Bett! Die Nacht war gigantisch mit Dir, ich küsse Dich und bis bald mal wieder Paul.*

Nach Luft japsend, kam sie zu dem Ergebnis, dass ihr das augenblicklich egal war.

Sie beide hatten Sex gehabt, und abgesehen davon waren sie verheiratet gewesen, überlegte sie.

»Egal, komplett egal!«, rief sie singend vor sich hin. Nach kurzer Zeit war ihr besser zumute.

»Dampf ablassen, Linda!«, motivierte sie sich.

Ein Happy End hatte sie sich anders vorgestellt. Und abgesehen davon gab es da den Abend mit Basti, tröstete sie sich. Sie duschte sich und stellte sich auf die Waage.

Ihre penible Wiegefreundin brachte ihr nüchtern die Mitteilung: Du wiegst aktuell 90,5 Kilo.

»Egal, komplett egal!«, sang sie wieder vor sich hin.

Ihr Handy klingelte. *Nicht jetzt*, dachte sie. Sie war nicht einmal angezogen.

Rasch schnappte sie sich ihre Jeans und das Shirt von gestern, das auf dem Boden lag.

Sie ließ sich einen Caffè Crema aus ihrer Kaffeemaschine und knabberte an einem trockenen Knäckebrot.

Ihre Mam hatte angerufen und ihr eine Sprachnachricht hinterlassen.

»Hallihallo, Linda! Falls du möchtest, kannst du zum Essen kommen! Es gibt Rouladen, dein Lieblingsessen. Tschüss!«

Es war spät für Mittagessen.

Sie schaute auf ihr Smartphone: Es war 13:30 Uhr.

Eilig schrieb sie eine WhatsApp-Nachricht an ihre Mam, denn zum Anrufen hatte sie keine Lust.

*Hallo Mam, danke für die Einladung. Gerne hole ich mir morgen eine Roulade ab, wenn noch eine übrig ist. Tschüss und ich wünsche Dir einen erholsamen Restsonntag.*

Mehr schrieb sie nicht, und mehr wollte sie auch nicht schreiben. Genauso, wie sie ihre Aktion gestern beendet hatte, wirbelte sie in ihrer Wohnung weiter.

Ihr Bett bezog sie mit frischer Bettwäsche. Die Waschmaschine war rasch befüllt, der Boden im Schlafzimmer leer geräumt, alle herumliegenden Sachen waren aufgeräumt oder zur Entsorgung in den Flur gestellt. Den Fußboden staubsaugte und putzte sie. Die alten Vorhänge nahm sie ab und stopfte sie in einen Müllsack.

Die Holztruhe stand an der Wand. Beim näheren Betrachten wirkte sie klobig und rustikal. Sie fragte sich, was sie damit sollte. So verschrammt und mit den Gebrauchsspuren passte die Truhe gar nicht in ihr Schlafzimmer.

Linda öffnete sie, in Gedanken an ihre Oma, die früher ihre Bettwäsche und Tischwäsche darin aufbewahrt hatte. Nun war sie leer, innen mit einem vergilbten Blümchenstoff bespannt. Sie zog die Truhe in die Küche und stellte sie unter das Küchenfenster – da passte sie hin.

Wie fremd betrat sie ihr Schlafzimmer, und gedankenverloren strich sie über die Bettwäsche. Alle Spuren waren vom Tatort des Verderbens beseitigt. Das würde ihr Geheimnis bleiben, redete sie sich aufmunternd zu, in Gedanken an die letzte Nacht.

Kritisch betrachtete sie ihr Schlafzimmer: Der Raum sah prima aus, wie ein Schlafzimmer – aber ohne Charme.

Keine Vorhänge, keine Pflanze, und die Bettwäsche gefiel ihr nicht mehr. Und sich mochte sie auch nicht – mit ihrem Eulengesicht und den kurzen, roten Haaren.

Sie hörte Katinkas Stimme im Ohr, die ihr zuraunte: *Du könntest mehr aus dir machen!* Bis Freitagmorgen, das heißt bis vorgestern, war sie mit sich zufrieden gewesen. Sie konnte es kaum glauben.

Jetzt war Sonntag, und nirgends gab es offene Geschäfte. Sie hatte keinen Plan. *Doch*, säuselte ihr ihre innere Stimme zu. *Bewege deinen Hintern nach Bad Zwischenahn!*

»Waaas? Nach Bad Zwischenahn? Da war ich ja ewig nicht mehr! Und was soll ich da?«

*Shoppen Linda! Du hast Geld, daran liegt es nicht!*

Kurzentschlossen schlüpfte sie in ihre Ballerinas, griff sich ihre Jacke und Handtasche und sauste mit ihrem Fahrrad zum Bahnhof – um den nächsten Zug nach Bad Zwischenahn zu erreichen. Sie hatte Glück und erwischte knapp den Zug. Nun saß sie in der Bahn und fuhr durch die gleichmäßige grüne Landschaft von Ostfriesland in das idyllische Ammerland. Eine Weile später hielt der Zug in Bad Zwischenahn.

»Wie rasch ich hier in Bad Zwischenahn mit dem Zug bin. Und warum fällt mir das so gut wie nie ein?«, brummelte sie vor sich hin.

Sie stieg aus dem Zug und schlenderte in die feine Kurstadt. Sie entschied, zuerst einen Blick auf das Zwischenahner Meer zu werfen. Vom Bahnhof aus waren das keine zehn Minuten, so hatte sie es von früher in Erinnerung. Menschenmassen schoben sich an diesem Schönwettersonntag durch Bad Zwischenahn, dem Magneten des Ammerlands. Entspannt bummelte sie die Peterstraße zwischen den unbekannten Menschen entlang. Am Zwischenahner Meer angekommen, atmete sie tief die frische Seeluft ein, diese war mild. Sie lief in Richtung Wandelhalle und erinnerte sich, dass da wieder ein Weg in die Einkaufs- und Flanierstraße führte.

Zuhause hatte sie sich eine Liste mit den Kleidungsstücken aufgeschrieben, die sie kaufen wollte.

Als sie sich ihre Lebe-sofort-Liste heute Morgen angesehen hatte, war ihr aufgefallen, dass sie »tolle Kleidung« aufgeschrieben hatte. Da hatte sie säckeweise Kleidung aussortiert, und schrieb auf ihre Liste *tolle Kleidung.*

*Echt witzig, Linda,* schalt sie sich innerlich.

Sie hatte sich notiert: Jeans, Jacke, Oberteile und bequeme Schuhe. Beim Aussortieren ging ihr ein Licht auf: Viele Klamotten im Schrank zu haben hieß lange nicht, dass sie eine Menge zum Anziehen hatte. Genau besehen wartete sie schon Jahre, wieder in ihre alte, kleinere Kleidung zu passen.

Nach der Entrümpelungsarie hatte sie verstanden, dass dies vorbei war. Sie lebte mit dem Körper, den sie aktuell hatte, und der hatte eben mehr Fleisch auf den Knochen. Und stets nur an das Abnehmen zu denken gelang nicht, dafür war ihr Leben zu kurz.

Sie bummelte an den vielen Geschäften vorbei, und bei einer Boutique, die für molligere Mädels schicke Kleidung hatte, stolzierte sie hinein. Sofort begrüßte sie eine Verkäuferin, und nachdem Linda ihr gesagt hatte, was sie sich vorstellte, brachte sie ihr eine Jeans nach der anderen zum Anprobieren. Sie kaufte drei Jeans, die ihre weibliche Rundung betonten, jedoch nicht wie eine Presswurst quetschten. Das war vorbei, fand sie. Im selben Laden erstand sie eine klassische weiße Bluse und eine Shirtbluse im Carmen-Stil mit großzügigem Blumenmuster auf dunkelblauem Grund. Die ersten 450 Euro waren weg. Sie zahlte mit ihrer Scheckkarte.

Mit ihren Tüten bepackt, steuerte sie ein Café an und bestellte sich Cappuccino und ein Stück Eierlikörtorte. Überhaupt machte Torteessen und Shoppen das Leben um einiges besser, fand sie. Sie rief den Kellner und gönnte sich das nächste Tortenstück, eine Käsesahnetorte. Sahnig locker lebte es sich besser. Die Shoppingtour und die Torten bewirkten ihr Übriges, so beschwingt und easy wie ihr zumute war – so hatte sie sich lange nicht mehr gefühlt.

Sie schaute auf ihr Handy. Ein Anruf von Katinka, den Klingelton hatte sie nicht gehört. Das machte nichts, heute Abend in Leer oder spätestens morgen würde es auch noch reichen, mit Katinka zu telefonieren, entschied sie.

Über die heiße Nacht mit Paul wollte sie ihrer Freundin gegenüber schweigen.

*Egal, komplett egal*, sagte sie sich innerlich auf, und sie merkte, dass das Mantra ihr half, und begab sich weiter auf Shoppingtour. Sie erstand eine kirschrote Jeansjacke, rote Mokassins und weiße Segelschuhe.

Pünktlich um 18.20 Uhr saß sie eingerahmt von sechs bunten Einkaufstaschen – sie hatte in einer Drogerie die Einkaufsbeutel erstanden und sämtliche Einkäufe darin verstaut – und 890 Euro ärmer im Zug.

Bestens gelaunt betrat sie um halb sieben ihre Wohnung. Ihr Kater Willi hatte wieder mit dem Futter gespielt, und diesmal schimpfte sie nicht, denn ihr war klar, dass er es aus Langeweile getan hatte. Ja, auch da strebte sie eine Änderung an, denn ihr Katerchen war zu lange allein, und das täglich.

Wie Jagdtrophäen legte sie ihre neuen Kleider auf ihr Bett, und ihr war wie Weihnachten und Geburtstag zusammen zumute. Geschickt schnitt sie von den Jeans die Etiketten ab und stopfte sie in die Waschmaschine, denn sie plante, eine davon am nächsten Morgen im Amt anzuziehen. In der Küche belegte sie sich eine Scheibe Brot mit Käse und trank dazu ein Glas Leitungswasser. Sie saß auf ihrer Eckbank und betrachtete sich die Möblierung im Shabby-Look.

*Besser gesagt schäbiger Look*, kommentierte ihre innere Stimme. Hier bedurfte es dringend einer Veränderung, dachte Linda.

In ihrem Gehirn arbeitete es: Die Eckbank und die Stühle würden wegkommen. Das würde ein moderneres Feeling in der Küche geben, und sie könnte zu dem rechteckigen Küchentisch vier bequeme Stühle kaufen. Und neue Vorhänge in der Küche und im Schlafzimmer brauchte sie. Wieder schrieb sie eine Liste, die Anschaffungen für ihre Wohnung betreffend.

Mitten in ihre Planspiele versunken, hörte sie, dass es klingelte.

Sie fragte sich, wer das war. Ihre Uhr zeigte halb neun an. Sie musste nachschauen. Sie spickte durch ihren Türspion an ihrer Haustür und öffnete die Tür, da Katinka davorstand.

»Moin! Ich wollte mal sehen, wie es dir geht. An dein Handy gehst du ja nicht!«, meckerte Katinka los.

»Mir geht es gut! Warum?«

»Kann ich reinkommen?«

»Ehrlich gesagt passt mir das jetzt nicht. Wenn du magst, gehen wir ein paar Schritte, und du erzählst mir, was los ist.«

Linda zog sich rasch ihre Schuhe an und schnappte sich ihre Jacke. Die Freundinnen spazierten durch das abendliche Leer.

»Du bist komisch! Was tust du so eigenartig? Warum durfte ich nicht zu dir in die Wohnung?«, nörgelte Katinka.

»Katinka, ich mochte es jetzt halt nicht! Ich war im Begriff, meinen Sonntag ausklingen zu lassen, und dann standst du an der Tür, um nachzusehen, wie es mir geht, weil ich nicht zurückgerufen hatte.«

»Ja, du hast Recht, das ist ein bisschen Kontrollfreak. Entschuldige! Was hast du heute gemacht?«

»Ich war shoppen und Kaffee trinken in Bad Zwischenahn, und zwar allein.«

»*Was?* Nur du? Und was hast du dir gekauft?«

»Also, weißt du, es macht Spaß mit dir, du bist schon fast so drauf wie meine Mam. Die will auch alles wissen und meint es nur gut mit mir. Ich habe keine Lust, ständig zu berichten, was ich tue und mache! Du wirst die Klamotten sehen, wenn ich sie anhabe!«

»Ich war heute allein, und ich wäre gerne mitgefahren nach Bad Zwischenahn!«

»Das nächste Mal frage ich dich, und da fahren wir zusammen.

Okay?«

»Ich habe heute Morgen deinen Paul in der City getroffen. Er saß im Café und frühstückte und fragte mich, ob ich mich zu ihm setzen wollte. Das tat ich, und so frühstückten wir miteinander und unterhielten uns. Er erkundigte sich nach meiner Handynummer, weil er mich gerne wiedersehen möchte. Seitdem bin ich verwirrt. Macht dir das was aus, wenn ich mich mit deinem Ex treffe?«

Das auch noch, dachte Linda. Nun war es ihr zwar komplett egal, ob Katinka sich mit ihrem Ex traf, doch ob er es ehrlich meinte, durfte Katinka selbst herausfinden.

»Wenn du dich mit ihm treffen möchtest, von mir aus. Du weißt, dass er ein Filou ist. Ob er es ehrlich mit dir meint oder was er von dir will, musst du rausbekommen!«

Von ihrer heißen Nacht mit Paul erzählte sie kein Wort – diese Nacht bedeutete ihr nichts, im Endeffekt hatte sie Klarheit über ihre Gefühle bekommen. Sie begriff, dass sie Paul nicht mehr liebte oder ihn gar zurückhaben wollte, das mit ihm war definitiv vorbei.

»Bin ich erleichtert, dass du das so siehst«, seufzte Katinka.

Die Freundinnen standen wieder vor Lindas Haus und verabschiedeten sich. Nicht so herzlich wie sonst – es lag der Geschmack von Rivalität in der Luft. Linda sinnierte später, ob das wirklich sein konnte.

# Wendepunkt

Von was hatte sie denn einen Muskelkater, fragte sich Linda. Da fielen ihr ihre Erlebnisse vom Wochenende ein, es war demnach kein Wunder. Und was für ein Durcheinander sie geträumt hatte, stellte sie fest. Sie erinnerte sich an ihren Traum:

Sie hatte von Basti geträumt. Er fuhr zu temporeich mit seinem Auto und trug Frauenkleider. Da gab es eine Baumallee, und er krachte in einen Baum mit seinem Wagen. Auf einmal brannte es lichterloh, und wie es im Traum so ist, brannte auf einmal ihr Bett, und Basti und Paul tanzten um ihr Bett herum und hielten sich an den Händen wie Kinder und sangen: »Wir wissen es, und du weißt es übermorgen auch!« Gleichzeitig flog eine weiße Eule über ihr brennendes Bett und flatterte dabei heftig mit den Flügeln, dass sich die Asche in ihrem Bett in zwei weiße Tauben verwandelte.

Im Traum war sie entzückt gewesen, denn die Täubchen gurrten voneinander faziniert um die Wette. Linda stand auf und schrieb sich diesen verrückten Traum in ihr Notizbuch, darin lag der Zettel von Paul vom gestrigen Morgen. Sie zerriss ihn.

»Weg damit!«, sagte sie und schmiss die Papierschnipsel achtlos in den Papierkorb.

Da es zu früh zum Aufstehen war, beschloss sie, sich wieder hinzulegen. Ihr Blick fiel auf eine Karte von ihrer ehemaligen Kollegin Britta. Letztes Jahr zu ihrem Geburtstag hatte diese ihr eine Geburtstagskarte geschickt. Linda hatte vor allem der Satz gefallen:

*Linda, Deinen Traum von Dir kannst Du nur leben, wenn Du selbst existierst!*

Komisch, darüber hatte sie oft nachgedacht, und momentan hatte sie das Gefühl, einen ersten Schritt in die richtige Richtung gegangen zu sein. Das wurde Zeit, und an ihr sollte es nicht liegen, denn sie war bereit für einen Neuanfang, dachte sie.

Die morgendliche Klingel ihres Weckers riss sie aus dem Schlaf.

»Montag, der gute Montag lässt grüßen«, brummelte sie vor sich hin.

Der heutige Tag war kein Arbeitstag, registrierte sie, und fragte sich, wie oft sie sich denn dieses Jahr krankgemeldet hatte.

Heute war der 3. April, und wenn sie es recht bedachte, hatte sie nicht einmal gefehlt. Einen elenden Magen hatte sie, und gestern Abend Durchfall gehabt. Es konnte sein, dass das von der Bratwurst kam, die sie nach der Torte gefuttert hatte.

Mit unbekannter Leichtigkeit telefonierte Linda mit ihrer Personalstelle und meldete sich arbeitsunfähig. Oft hatte sie sich in die Arbeit gequält mit einer Erkältung zum Beispiel. Nein, nun sei sie an der Reihe, beschwichtigte sie sich.

Nach dem Frühstück legte sie sich wieder in ihr Bett und studierte ihre Lebe-sofort-Liste. Viel war das nicht, was sie da aufgeschrieben hatte. Den Punkt Bildung und Kultur schrieb sie dazu, mehr fiel ihr momentan nicht ein, doch da gab es noch Potenzial, wie sie fand.

Dann arbeitete sie an der Liste zur Neugestaltung ihrer Wohnung weiter und kam zu dem Ergebnis, dass sie sich erst einmal um neue Vorhänge kümmern wollte. Im Internet bestellte sie für das Schlafzimmer weiße Gardinenschals und eine Bettwäsche im Raubtierlook. Langsam kam sie in Fahrt. Für die Küche orderte sie ebenfalls Gardinen in Weißgelbkariert. *Das Internet liefert, was Frau wünscht,* dachte sie. Sie konnte nicht widerstehen und bestellte vier moderne weiße Küchensessel. Eigentlich wollte sie weiter faul in ihrem Bett liegen bleiben, doch ihre Bücher sollten aussortiert werden.

Inzwischen war es Mittag geworden, und sie genoss die Ruhe um sich in ihrer Wohnung. Ihr Kater war beseelt über ihre Anwesenheit, drückte sich verschmust an sie und forderte Streicheleinheiten ein.

*Du kannst auch mal zuhause bleiben, wenn du dich nicht fit fühlst,* schienen seine tiefblickenden Katzenaugen zu sagen.

Linda erinnerte sich daran, dass sie ein Smartphone hatte.

*Meine Güte!* Sie wollte doch ihrer Mam schreiben, dass sie erkrankt war, fiel ihr ein. *Warum denn schreiben, anrufen funktioniert auch!*

Sie rief ihre Mam an, erzählte ihr, dass sie zuhause sei, und bat sie, ihr Brot, Wurst und Käse einzukaufen. Ihre Mutter wollte ihr die Lebensmittel nach der Arbeit bringen und auf eine Tasse Tee bleiben.

Basti, der klasse Typ von der Pizzeria vom Samstagabend, hatte eine WhatsApp-Nachricht geschrieben, gestern bereits:

*Wenn Du magst, können wir uns zum Kaffeetrinken treffen heute Mittag. Ich hole Dich ab!*

Sie schrieb zurück:

*Daraus wird leider nichts geworden sein, denn ich habe Deine WhatsApp erst jetzt gesehen. Du kannst mich heute Abend anrufen, wenn Du möchtest.*

Postwendend kam die Rückantwort:

*Ich rufe Dich kurz nach 19:00 Uhr an. Passt Dir das?*

Sie antwortete:

*Okay, bis später!*

Wow, er hatte sofort zurückgeschrieben, dachte sie.

Da war eine E-Mail von einem ihr unbekannten Micky.

Micky wie Mickymaus, kam ihr in den Sinn. Sollte sie einen Micky kennen? Da fiel ihr ein, dass sie sich vor ein paar Tagen bei einem Dating-Portal angemeldet hatte.

Ihr Frust war zu diesem Zeitpunkt immens, und ihr Nickname Linda357 – etwas Besseres war ihr nicht eingefallen.

Es kamen mehrere Mails bei ihr an, darunter die von Micky, den sie wirklich unterhaltsam fand beim gegenseitigen Schreiben.

Micky schrieb, dass er sie treffen wollte, er käme von Hamburg und sei über das Wochenende in Oldenburg.

Verflixt, dachte sie, denn an dem Wochenende hatte sie den Workshop bei Basti! Trotz allem sollte es klappen, Micky zu sehen, warum auch nicht, fand sie.

Sie schrieb ihm zurück, dass sie am Samstag beschäftigt sei, aber um halb sechs in Oldenburg sein könne. Und dass sie sich im Deichcafé in der Nähe vom Bahnhof in Oldenburg treffen könnten, wenn es ihm recht sei. Sie teilte ihm mit, dass sie in Wirklichkeit Linda heiße, und er ihr, dass er Mike hieß. Er wolle sie auf seinen Pfälzer Dialekt vorbereiten. Schreiben konnte er in Hochdeutsch, aber sprechen …

Sie mochte seine humorvolle Schreibe. Ihr war aus den

vorangegangenen E-Mails bekannt, dass Mike in Koblenz aufgewachsen war.

»Das macht nichts, ich mag Dialekt!«, antwortete sie.

Sie kannte den Pfälzer Dialekt, und so fürchterlich würde es schon nicht werden. Da sie Fotos ausgetauscht hatten, würden sie sich erkennen. Sie hüpfte kichernd durch die Wohnung, bis es an der Haustür klingelte. *Oh, das ist sicher Mam!* Sie öffnete, und da stand ihre Mam mit den gewünschten Einkäufen, und leckere Kaffeestückchen hatte sie dabei. Ihr ging es schlagartig besser.

»Linda, die Rouladen mit Kartoffeln und Gemüse lege ich dir in den Kühlschrank. Kannst du dir aufwärmen!«

»Danke, Mam. Du bist ein Schatz!« Ihre Mutter sah sie besorgt an.

»Geht es dir besser?«

»Ja, ich fühle mich wohler. Schau mal, was ich am Wochenende alles geschafft habe!«

Sie führte ihre Mam durch die Wohnung, die so aufgeräumt und geputzt schon lange nicht mehr anzutreffen gewesen war.

»Das sieht ja eindeutig nach Veränderung bei dir aus, Linda! Warst du fleißig!«

»Ja, das glaube ich auch.«

Sie tranken urgemütlich Tee und plauschten über alte Zeiten. Da entdeckte ihre Mutter die unter dem Küchenfenster stehende Familientruhe.

»Paul hat dir die Truhe wieder zurückgebracht. Das freut mich, ist ein Erbstück aus unserer Familie!«

»Du weißt, Mam, wie das bei Trennungen so ist – er hat die Truhe behalten, damit ich mich ärgere. Inzwischen haben wir uns versöhnt.«

Linda lachte bei ihren Worten, obwohl ihr nicht danach war.

»Na, den Eindruck habe ich auch«, meinte ihre Mutter und warf ihr dabei einen forschenden Blick zu.

»So, jetzt gehe ich wieder! Karl wartet auf mich mit dem Abendbrot, und später schauen wir uns auf Arte einen französischen Film an.«

Linda verabschiedete sich herzlich von ihrer Mutter. Bis zu dem Telefonat mit Basti war noch Zeit und sie wollte die Wäsche aufhängen, die sie gewaschen hatte. Sie hatte es sich gerade auf ihrem Sessel bequem gemacht, da klingelte ihr Handy, und sie nahm das Gespräch an.

»Hey, Linda! Basti hier. Wie geht es dir und deinem Aufräumprojekt?«

»Hey, Basti! Das hast du aber schön gesagt! Projekt hört sich bedeutsam an und nicht so durchschnittlich wie ›Bin dabei, meinen Krempel wieder auf Vordermann zu bringen‹!« Sie klang locker.

»Deine Stimme hört sich auch am Telefon wohltuend an! Ich freue mich, dich zu hören!«

»Mir geht es auch so! Gibt es viel vorzubereiten wegen deines Vortrages am Samstag?«

»Ein bisschen schon, ich muss mich auf die Teilnehmer einstellen und mein Programm anpassen.«

Sie erzählte ihm, dass sie sich krankgemeldet hatte, wegen einer Magenverstimmung.

Sie plauderten ein wenig belanglos. Basti meinte, er hätte sie gerne getroffen diese Woche, und wenn es ihr recht wäre, könnten sie sich Sonntag nach dem Vortrag treffen.

»Passt mir, ich freue mich auf Sonntag und auf Samstag!«

»Erhole dich, Linda! Die vielen Änderungen, die du dir vorgenommen hast, brauchen ein wenig Zeit, bis sie in deinem täglichen Leben integriert sind.«

»Sieht danach aus!«, pflichtete sie ihm bei.

»Ich wünsche dir eine schöne Woche Basti! Tschüss!« Kaum hatte sie aufgelegt, rief ihre Mutter an.

»Wollte mal hören, wie es dir geht. Ich glaube besser, oder? Bleibst du nochmal zuhause? Würde ich machen Linda, kuriere dich aus!«

»Ja, Mam, ich bleibe morgen zuhause. Ich habe mich dieses Jahr kein einziges Mal krankgemeldet.«

»Ich besuche dich morgen Nachmittag und bringe Apfelkuchen mit. Okay?«

»Himmlisch, Mam! Hast du dich auf die Reise schon vorbereitet?«

»Nein, ich habe nichts geplant. Karl hat sich zwar einen neuen Reiseführer von Paris gekauft. Aber weißt Du, wir genießen es, loszulaufen und uns treiben zu lassen in der Stadt der Liebe!«

»Ich freue mich für dich, Mam, dass du dich mit Karl so prima verstehst! Wird das später einmal ernst mit euch beiden?«

»Kann sein, reden wir morgen weiter. Tschüss, meine Kleine, und schlaf gut!«

»Tschüss, Mam, und gute Nacht!«

\*\*\*

Nachdem Linda eine weitere schlaflose Nacht hinter sich hatte und ihr Magen rumorte, meldete sie sich erneut arbeitsunfähig im Amt. Kaum hatte sie dies erledigt, war ihr besser zumute. Sie hatte sich mit der Krankmeldung unter Druck gesetzt – so locker, wie sie sich gab, war sie nicht.

Sie kochte sich einen Fencheltee und aß langsam Zwieback dazu. Neben ihrem Bett lag ein Stapel Zeitschriften, und den hatte sie sich zum Aussortieren vorgenommen. Ihr Blick fiel auf eine Frauenzeitschrift vom Dezember mit ihrem Jahreshoroskop. Sie blätterte und fand ihr Horoskop. Nicht dass sie etwas darauf gegeben hätte. Sie war von Sternzeichen Fisch mit Aszendent Stier. Sie las:

*Im ersten halben Jahr steht die Liebe unter dem besonderen Schutz der Venus mit starkem Marseinfluss. Sie können sich auf einige turbulente Begegnungen im Bereich der Liebe und Erotik gefasst machen.*

Wenn sie es nicht besser gewusst hätte, hätte sie gesagt, dass sie mitten drin war. Sie war Single und konnte sich treffen, mit wem sie wollte. Am Samstagabend traf sie Micky und am Sonntagmittag Basti. Die Namen hörten sich für sie an wie aus der Sandkastenrunde im Kindergarten. Sie war frei und hatte vor, ihr Leben zu genießen.

Das Versandhaus meldete sich per SMS, die per Expresslieferung bestellten Möbel und Gardinen sollten ab 14 Uhr da sein.

*He, wie klasse ist das denn?*

Die neuen Küchensessel und die Vorhänge für die Küche kamen pünktlich an, und die alte Eckbank und Stühle gab Linda gleich zur Entsorgung mit. Ihre Küche sah mit dem modernen weißen Sitzmöbel sofort um Klassen besser aus. Sie putzte den Küchenboden gründlich und wischte das alte Küchenbuffet ab.

Die neuen Vorhänge in Weißgelbkariert strahlten mit der gelben Farbe an der Wand um die Wette und bildeten einen prima Kontrast zu dem regnerischen Grüngrau, das sich vor ihrem Küchenfenster abbildete. Die bodenlangen Gardinenschals an ihrem Schlafzimmerfenster leuchteten cleanweiß und gaben dem Raum eine neue Note.

Ihr Kater hatte das Spielzeug bereits entdeckt und tobte mit den neuen Vorhängen im Schlafzimmer. Dann bezog sie ihr Bett mit der weißen Bettwäsche mit den winzigen cremefarbenen Rauten. Diese Bettwäsche war neu, ihre Mam hatte sie ihr zu Weihnachten geschenkt. Zuerst gefiel ihr die Garnitur nicht, eher auf den zweiten Blick, doch inzwischen war sie hingerissen von dem noblen Touch. Eigentlich hatte sie vor, sich mit der Neugestaltung von ihrem Bad und ihrem Wohnzimmer zu befassen, doch sie hatte keine Lust mehr dazu. Rasch zog sie sich um, denn in ihrem Jogginganzug und verschwitzt wie sie war, mochte sie die Tür nicht öffnen und ihre Mam würde sicher gleich kommen, dachte sie.

Eine Jeans und ein frischer Pullover würden sie sofort besser aussehen lassen, fand Linda. Noch während sie dies dachte, klingelte es. Ohne durch den Spion zu schauen, öffnete sie die Tür, in der festen Überzeugung, dass ihre Mam vor der Tür stehen würde.

Doch vor der Tür war Paul.

»Hey Süße, ich wollte nur mal Hallo sagen!«

»Hey Paul! Hallo hast du jetzt gesagt, und ich antworte mit Tschüss!«

Kaum hatte Linda das gesagt, hatte sie ihm die Tür vor der Nase geschlossen.

Sollte Paul doch Hallo sagen, wo er wollte, bei ihr aber nicht mehr, dachte sie.

Etwa zwanzig Minuten nach dieser Vorstellung kam ihre Mutter angerauscht, außer Atem und gehetzt.

»Auf der Treppe sitzt Paul, willst du ihn nicht reinlassen?«

»Nein, der Paul darf draußen sitzen, wo er will, nur nicht bei mir in der Wohnung!«

»Linda! So geht das doch nicht!«, mäkelte Ihre Mam, dabei zog sie die Augenbrauen hoch.

»Es ist okay, Mam, bitte akzeptiere das!«

»Du wirst es wissen! Trinken wir eine Tasse Kaffee. Ich habe den Eindruck, du fühlst dich besser!«

Ihre Mutter blieb wie angewurzelt in der Küche stehen.

»Linda, was ist denn hier passiert? Wie hast du das hinbekommen? Und so rasch!«

»Mam, du bist die Erste, die mit mir hier in meiner neu gestalteten Küche Kaffee trinkt!«

Sie erzählte ihrer Mutter, was seit dem Wochenende alles los gewesen war. Sie berichtete von der Liste und von den Sachen, die sie unbedingt erleben wollte. Sie sprach von ihrer Um- und Aufräumaktion und davon, wie sie sofort damit angefangen hatte, ihre Wohnung nach ihren Wünschen umzugestalten. Sie zeigte ihr Schlafzimmer, das sie so neu fand.

»All deine Änderungen kommen super zur Geltung!«

Nachdem sie alles Mögliche erzählt hatten, verabschiedete sich ihre Mam.

»Sehen wir uns noch, bevor du nach Paris fliegst?«

»Wir fliegen Freitagmorgen! Donnerstagabend kannst du zum Abendessen kommen!«

»Gerne, Mam!«

Herzlich verabschiedeten sie sich.

Am Mittwochmorgen nahm Linda ihre Arbeit wieder

auf. Zum Glück brauchte sie für den Besuch des Vortrages keinen Urlaub, denn dieser fand an einem Samstag statt.

Routiniert wickelte sie ihr Arbeitspensum bis zum Ende der Woche ab. Am Freitagmittag verabschiedete sie sich flott in das Wochenende. Bei blauem Himmel und Sonnenschein schlenderte sie durch die Altstadt von Leer. Sie hatte Zeit, die am Mittag lebhafte Stadt zu genießen, die Kleiderständer, die im Freien standen, die offenen Warenauslagen und die vielen Menschen, die an diesem Freitagmittag unterwegs waren. Vor einem Buchladen blieb Linda stehen, um sich die Bücher anzuschauen. Daneben war ein Friseurgeschäft. Da fasste sie den Entschluss, sich ihre Haare schneiden und färben zu lassen. Zeitlich reichte das, und gegen 18 Uhr hatte sie eine neue Frisur.

Sie trug einen modischen Pixiehaarschnitt mit blonden Strähnen in ihrem roten Haar.

Beseelt schwebte sie mit ihrem neuen Haarschnitt nach Hause. Schade, dass Mam sie so nicht sah, dachte sie. Am gestrigen Abend war sie bei ihr zum Abendessen gewesen, und wieder einmal hatten sie endlos Gesprächsstoff gehabt.

Der Abschied war kurz und schmerzlos ausgefallen, und sie hatte ihr und Karl eine mega Paris-Reise gewünscht.

# Glanznummer

Linda erreichte den Zug um 7.25 Uhr von Leer nach Bad Zwischenahn. Vor dem Vortrag, der um 9 Uhr begann, plante sie, im Café zu frühstücken.

Sie trug von Kopf bis Fuß ihre neuen Kleider: dunkelblaue Jeans, kirschrote Jeansjacke, weiße Bluse und weiße Leinenschuhe. Sie kämmte, besser gesagt wuschelte sich die Haare durch, so wie es ihr die Friseuse gestern gezeigt hatte. Sie trank ihren Tee und stellte ihrem Katerchen sein Fressen hin. Ihre Handtasche hatte sie am Vorabend gerichtet, ein T-Shirt im angesagten Glitzerlook hatte sie sich eingepackt – für die Verabredung mit der Mickymaus.

Pünktlich saß sie in ihrem Zug nach Bad Zwischenahn, und die grüne Landschaft sauste an ihr vorbei.

Heute wird es der erste wärmere Tag des Jahres, so hatte es der Wetterbericht vorausgesagt, doch ohne ihren Taschenschirm verließ sie nie ihre Wohnung. Vor Regen war hier in Ostfriesland niemand sicher, war ihr Grundsatz.

Nachdem sie in Bad Zwischenahn angekommen war, schlenderte sie die Bahnhofstraße in Richtung Peterstraße.

Das Städtchen präsentierte sich an diesen Morgen frühlingsfrisch mit Osterglocken und blühenden Tulpen, zusätzlich mit blauem Himmel und Sonnenschein. Das würde heute ihr Tag werden, dachte sie.

Beschwingt betrat sie das Bäckerei-Café, und da es so

ein beschaulicher Morgen war, beschloss sie, sich am Zwischenahner Meer eine Bank zu suchen, um dort zu picknicken. Sie kaufte sich einen Kaffee zum Mitnehmen und ein Käsebrötchen.

Außer einigen morgendlichen Joggern und Spaziergängern war niemand unterwegs, und sie genoss die träumerische Stimmung am See. Der See lag glatt da, kein Wind, und der leuchtende blaue Himmel spiegelte sich im Meer. Die Bad Zwischenahner Seeflotte stand zur Seerundfahrt bereit.

Sie suchte sich eine Bank und frühstückte gedankenversunken, bis sie sich auf den Weg zur Wandelhalle begab.

Obwohl sie aufgeregt war – wegen des Vortrags, und dem Wiedersehen mit Basti sowie später die Verabredung mit Micky – genoss sie die Situation.

Sie betrat den Saal. Es gab freie Stühle, aber leider nur in der vierten beziehungsweise fünften Reihe. Zielstrebig visierte sie einen Platz in der vierten Reihe an. Sie schaute sich um. Bis jetzt waren circa 60 Personen anwesend. Damit, dass die Veranstaltung so gut besucht sein würde, hatte sie nicht gerechnet.

Basti betrat die Halle. Er trug einen dunkelblauen Smoking mit roter Schleife und ein modernes Mikrofon – wie es die Moderatoren im Fernsehen trugen.

Er wirkte nostalgisch, wie aus einer anderen Zeit und gleichzeitig modern, befand Linda.

»Guten Morgen meine Damen und Herren, oder moin, wie man hier bei uns im Norden sagt! Wie ich sehe, haben Sie alle den Weg hierher gefunden! Ich halte mich gar nicht lange auf und starte mit dem Vortrag. Es wird ein tiefgehender Vortrag sein. Unter Umständen ein Motivationsschub für Ihr weiteres Leben! Das liegt an Ihnen, was Sie davon umsetzen. Auf Ihrem Platz haben Sie ein Kuvert vorgefunden. Bitte öffnen Sie alle den Briefumschlag!«

Mit raschen Bewegungen riss Linda das Papier auf und hielt in ihrer Hand einen kleinen goldfarbenen Handspiegel mit Griff.

Sie hörte, wie Basti sprach:

»In dem Umschlag befindet sich ein Handspiegel mit Griff. Ich habe diesen kleinen Spiegel extra für die heutige Veranstaltung anfertigen lassen. Sie dürfen diesen Handspiegel behalten. Auf der Rückseite steht geschrieben: ›Es geht um Dich!‹ Und auf dem Griff in klitzekleiner Schrift die Adresse meiner Homepage, ein bisschen Werbung musste sein. Bitte schauen Sie alle in den Spiegel! Und lesen Sie alle laut, was auf dem Spiegel steht. Und sagen Sie Ihren Namen dazu mit lauter Stimme.«

Es gab breites Gelächter im Saal, denn die Teilnehmer waren mit dem kleinen Handspiegel beschäftigt. Es folgte ein Stimmengemurmel:

»Es geht um dich …!«

»Ob Sie das blöd finden oder nicht, das ist die Übung, die ich Ihnen täglich empfehle. Eine Frage: Könnten wir uns darauf einigen, dass wir uns im Seminar duzen? Ich heiße Sebastian und duze euch für die Stunden hier! Ja, genau das schlage ich euch vor: Jeden Tag schaut ihr in den Handspiegel! Seht hinein und sagt: Es geht um dich ….! Besser, ihr strahlt euch an, ja, anstrahlen! Und wie macht ihr das, wenn euch was ausgezeichnet gelingt? Was macht ihr?«

Einige riefen:

»Jubeln!«

»Genau, ihr jubelt und freut euch. Macht das! Ja, macht das. Und was wird passieren? Es könnte sein, dass euer Selbstvertrauen und eure Selbstsicherheit wachsen wird! Ihr könntet sagen, das ist aber nichts Neues, obwohl diese Übung wirkt! Ihr habt in dem Umschlag ein Namensschild zum Anheften an eure Kleidung vorgefunden und einen Kugelschreiber zum Beschriften. Bitte schreibt die Vornamen auf das Schildchen und stellt euch gegenseitig vor. Ich gebe euch dafür zehn Minuten!«

*Der Basti macht ordentlich Tempo*, fuhr es Linda durch den Kopf. Inzwischen war es fast zehn, und um 10.45 Uhr sollte es, nach dem Programm, die erste Pause geben.

Neben ihr stand eine Frauke und ein Hanno: Frauke arbeitete als Kosmetikerin, und Hanno als Malermeister.

Für mehr reichte die Zeit nicht, denn Basti fing pünktlich nach zehn Minuten wieder mit seinem Vortrag an.

»Und, seid ihr noch alle da?«, sprach er die Gruppe an.

*Wie im Kasperletheater*, staunte Linda.

»Ich habe Folgendes mit euch vor, und zwar hatte ich euch gebeten, eine Lebe-sofort- Liste zu schreiben. Hört sich bedeutsam an, oder? Also, eine Liste mit den Sachen, die für euch von enormer Bedeutung sind im Leben. Ziele, die ihr erreichen möchtet. Unternehmungen, Personen, die ihr zu treffen beabsichtigt. Sachen, die ihr haben möchtet, wie ein Auto, Haus, Wohnung, Urlaub, Schmuck oder Kleidung. Und zwar innerhalb der nächsten zwölf bis vierundzwanzig Monate. Ich hatte euch gebeten, eine Liste mit mindestens zehn Punkten anzufertigen. Wer hat denn eine Liste gefertigt?«

Fast alle Hände zeigten nach oben, das sah Linda.

Basti schwirrte durch die Sitzreihen wie ein Entertainer.

»Das ist ja echt klasse!«, rief er. »Und ich fange an, weiterzugehen, ich denke, dass einige die gleichen Punkte auf der Liste haben. Das kläre ich kurz ab!«

Er trat an sein Flipchart und schrieb:

> *Finanzen*
> *Reisen*
> *Immobilie (Haus/Wohnung)*
> *Auto*
> *Attraktivität (Gesundheit usw.)*
> *Partner- Freundschaft*
> *Luxus (Kleidung, Schmuck usw.)*
> *Spezielles*
> *Wunschberuf*
> *Ruhm und Ehre*

Linda beobachtete, wie Sebastian den Faden aufnahm und alle Teilnehmer durch die Liste führte.

»Ich möchte auf eure speziellen Ziele eingehen, daher meine Frage: Wer von euch verrät mir ein spezielles Ziel von seiner Liste? Etwas, was nicht auf unserer allgemein gehaltenen Liste steht.«

Tatsächlich waren einige Teilnehmer bereit dazu, denn Linda zählte mindestens sieben Handzeichen. Sebastian rief eine Dame mittleren Alters auf.

»Ich würde so gerne noch ein Studium absolvieren, doch ich fühle mich zu alt dafür!«, sagte die Dame.

Ein sportlich aussehender Mann in den Dreißigern kam zu Wort: »Mein Ziel wäre es, einen Oldtimer zu besitzen und zu reparieren, wenn etwas nicht funktioniert!«

Eine jugendliche Frau erzählte, dass sie lange von einem

Leben beim Zirkus träumte und es ihr größter Wunsch wäre, dort mit einer Clownnummer zu glänzen. Sie sah bieder und gediegen aus und wirkte unfreiwillig komisch, so dass mehrere im Saal anfingen zu lachen.

»Das habe ich mir vorgestellt, wenn ich das sage, dass ich Gelächter ernte!«, sagte sie daraufhin, und ihr dunkelbraunes Haar klebte wie ein Vogelnest an ihrem Kopf, auch das wirkte unfreiwillig komisch. Kurios ging es weiter. Verschiedenste Wünsche offenbarten sich.

Einer wollte in Bayern leben und Bier brauen, eine andere Fingernägel designen oder Abendkleider nähen, und einer war dabei, der Kleidung total ablehnte.

»Warum wollte ich von euch diese Liste?«, fragte Sebastian in den Raum.

»Ihr solltet einmal schriftlich definieren, was ihr wollt. Und jetzt stellt sich die Frage: Wie könnt ihr euch dem schrittchenweise nähern? Ja, ihr habt richtig gehört! Hat das Erstellen der Lebe-sofort-Liste denn schon etwas bewirkt?«

Es meldete sich eine Frau zu Wort und erklärte, dass ihr beim Erstellen der Liste bewusst geworden war, dass sie seit sechs Jahren keine Urlaubsreise mehr gemacht hatte. Daraufhin sei sie ins Reisebüro gegangen und hätte einen Wanderurlaub auf Mallorca gebucht.

»Ja, genau darum geht es, deshalb wollte ich von euch vorab diese Liste, denn daraus kann es einen Impuls zum Handeln geben! Ich danke dir für deinen Beitrag!«, bemerkte Sebastian.

Er hatte nun ein Mikrofon in der Hand und sang zu der Karaoke-Begleitmusik von *Don't Worry, Be Happy*:

»Wenn mal wieder alles schiefgeht, und deine Welt kopfsteht, dann freue dich – wird besser!

Wenn dein Haus Risse hat, und dein Hund ist malad, dann freue dich – wird besser!

Wenn dein Chef dich anschreit, du hast Löcher im Kleid, dann freue dich – wird besser!

Wenn es mal wieder wochenlang regnet, der Himmel dich mit Rechnungen segnet, dann freue dich – wird besser!«

»Wer will mitmachen?«, fragte Basti.

Ein kräftiger Mann nahm das Mikrofon und sang:

»Wenn dein Auto ist kaputt, deine Liebe zuhause nur noch Schrott, dann freue dich – wird besser!«

Dann meldete sich die Frau mit dem Berufswunsch Nageldesignerin, sie sang:

»Wenn dein Fingernagel ist gerissen, dein Mann dich hat beschissen, dann freue dich – wird besser! «

Es meldete sich keiner mehr, doch das abgewandelte Lied sorgte für Übermut und trotz oder gerade wegen des blöden unlogischen Textes für gute Laune bei den Teilnehmern.

Sebastian verkündete, dass es eine freiwillige Aufgabe gäbe für die zweistündige Pause. Jeder, der mitmachen wolle, könne etwas Witziges nach der Mittagspause mitbringen. Zum Beispiel ein Tuch, witzige Frisur, buntlackierte Nägel, hochgekrempelte Hosen – es müsste nichts kosten, es sollte nur kreativ und witzig sein.

»Wir sehen uns hoffentlich um 14 Uhr wieder, und wenn nicht – prima, dass ihr dabei wart!«, rief Basti.

*Das gibt es nicht,* urteilte Linda, *jetzt macht er auch noch auf sein Angebot aufmerksam, dass sie gehen können und ihr Geld zurückbekommen.* Sie kam aus dem Staunen nicht heraus.

Und dass es um 14 Uhr weiterging – bis 16 Uhr.

Sie nahm ihre Tasche und wollte in die Pause gehen, da kam Basti auf sie zu und flüsterte ihr ins Ohr:

»Ich freue mich auf morgen, Linda!«

Sie lächelte ihn an und verließ die Wandelhalle, ohne etwas zu ihm zu sagen. Hinterher bereute sie ihre Reaktion.

\*\*\*

Sie war gespannt auf die zweite Hälfte des Seminars und auf den Abend – auf die Begegnung mit Micky.

Ihr Zug fuhr um 16.45 Uhr vom Bahnhof Bad Zwischenahn ab nach Oldenburg, das würde sie schaffen.

Von der Wandelhalle aus steuerte sie direkt ein nahe gelegenes Café an und bestellte sich eine Tomatensuppe und ein Schinkenbrötchen und trank ein Mineralwasser.

Sie entdeckte in einem Geschäft ein buntes Tuch im 70er-Jahre-Stil und hatte vor, es sich wie einen Turban salopp um den Kopf zu binden oder so ähnlich. Dazu ihre Sonnenbrille – dies wäre kreativ genug, fand sie.

Nachdem sie es gekauft hatte, schlenderte sie gemächlich in Richtung Wandelhalle zurück. Dort traf sie auf Frauke, ihre Sitznachbarin. Angeregt unterhielten sie sich über das Seminar. »Ich bin gespannt, wie es weitergeht. Bis jetzt war es inspirierend und gar nicht langweilig. Doch aktiv sollte man schon sein, das habe ich mir gemerkt – sonst gibt es keine Änderung!«, sagte Frauke.

Hanno, der sich inzwischen dazugesellt hatte, nickte zustimmend.

»Das denke ich auch!«, meinte er.

Linda erzählte von ihrer Aufräumaktion, nachdem sie ihre Liste geschrieben hatte, und dass sie angefangen hatte, ihre Wohnung neu zu gestalten, und so gerne ihr Schlafzimmer verändert und an einer Wand eine Tapete mit Leopardenmuster hätte haben wollen – an der Kopfseite ihres Bettes.

»Das kannst du haben, Linda! Ich komme mit dem Mustertapetenbuch bei dir vorbei, und du suchst dir eine Tapete aus!«, sagte Hanno.

»Hanno, hast du eine Visitenkarte? Ich rufe dich an, dann können wir etwas ausmachen!«, erwiderte Linda.

»Gehst du mit zur Toilette, Frauke? Ich muss mich für den Vortrag ein wenig stylen.«

»Klar, geht mir auch so!«

»Bis gleich, die Damen!«, rief Hanno ihnen locker zu.

Frauke hatte sich die Haare hochtoupiert und den oberen Teil ihres Haares mit Pink besprüht. Die Lippen schminkte sie sich lila. Linda hatte sich ihr buntes Tuch um den Kopf geschlungen und setzte ihre Sonnenbrille auf.

Sie gingen in die Halle, und da saßen weitere Paradiesvögel.

Mindestens zehn Besucher weniger waren nach der Mittagspause da. Viel verdient hatte Sebastian mit dem Vortrag nicht, dafür war der Eintrittspreis mit 25 Euro zu günstig inklusive der Geschenke für die Teilnehmer, rechnete Linda.

Gutgelaunt kam Sebastian wieder auf die Bühne und begrüßte alle Anwesenden zum zweiten Teil des Vortrages.

Wohlwollend stellte er fest, dass fast alle bei der Aufgabe mitgemacht hatten. Auf einmal gab es eine Stimmung wie beim Karneval.

»Ihr habt dazu beigetragen, diese bunte Atmosphäre zu schaffen! Echt spitze!«, legte Sebastian mit seiner Rede los.

Er führte weiterhin aus, wie wirkungsreich es sei, den Alltag lebendiger zu gestalten, das hieße, mehr Abwechslung in das Leben zu bringen. Und wenn es nur sei, einmal einen anderen Weg nach Hause zu gehen.

In diesem Stil gab er Anregungen für das tägliche Leben. Etwa eine halbe Stunde später kündigte er eine Vorstellung an und erbat sich Ruhe. Er stellte einen runden Tisch mit weißem Tischtuch auf die Bühne, und darauf stand ein überproportionaler Zylinder. Er platzierte sich dahinter. Zuvor lobte er wieder das Publikum und sagte, dass er eine Überraschung für die Damen hätte. Zu ihm gesellte sich eine gutaussehende Frau in einem langen hellblauen Kleid, die einen silberfarbenen Sektkübel in beiden Händen hielt. Basti summte die Melodie von *Für dich soll es rote Rosen regnen …*

Gleichzeitig zog er eine rote Seidenrose nach der anderen aus seinem Anzugärmel und tat sie in den Sektkübel. Bei der vierten Rose stoppte er und sagte verschmitzt:

»Ich könnte das zwar noch länger, doch es gibt echte Rosen für die Damen! Verteilt von meiner zauberhaften Assistentin Gabi.«

Sobald er dies ausgesprochen hatte, stellte Gabi den Sektkübel mit den Rosen auf dem Boden vor dem Tischchen ab und holte einen Strauß Rosen in den Farben gelb, orange und rot hinter dem Vorhang hervor, um die Rosen an die Teilnehmerinnen zu verteilen. Das war eine ausgefallene Idee, und der Applaus war auf seiner Seite.

*Was sollte der Zylinder auf dem Tischchen?* Kaum hatte Linda darüber gerätselt, ging die Vorstellung weiter.

»Was nehmt ihr an zu sehen, wenn ihr einen Zylinder und einen Zauberer auf der Bühne seht?«

»Gleich kommt ein Hase aus dem Zylinder!«, brüllte jemand aus dem Publikum.

»Es ist oft nicht so, wie es auf dem ersten Blick aussieht!«, sprach Basti und lächelte dabei. Er griff in den schwarzen Zylinder und holte einen schwarzen Pudel und einen weißen Pudel heraus. Beide waren Minipudel, aber keine Welpen – mit Pudeln kannte sich Linda nicht so gut aus. Er ließ sie auf den Boden, und sie setzten sich hin und fingen an, miteinander zu spielen. Wieder kam Gabi, seine Assistentin, auf die Bühne und nahm die Pudelchen mit. Die zwei Pudel waren allerliebst und brav, und Gabi setzte sie in einen Puppenwagen und verließ die Bühne.

»Und jetzt dürft ihr eine besondere Vorstellung genießen! Freut euch auf Gabi und ihre Pudelbande!«

Die Bühne wurde leer geräumt, und Basti und Gabi bauten eine Gittermanege auf, die an eine Raubtiershow erinnerte. In die Manege stellten sie barocke Stühlchen in Pink und Grau auf, und ein Minisofa in Tomatenrot. Gabi betrat die Manege. Sie hatte sich umgezogen. Sie trug die zinnoberrote Uniformjacke einer Zirkusdirektorin über ihrem schwarzen Samtbody und Netzstrümpfe mit goldfarbenen Lackstiefeletten. Sie hatte einen silbernen Taktstock in der Hand und sah eher aus wie ein Dirigent. Sie rief ihre Pudel – Alexa, Balduin, Lolli, Wanja und Mira. Einen weißen und einen schwarzen Königspudel und drei Zwergpudel. Die Kleinen von vorhin waren nicht dabei.

Auf Gabis Kommando »Sit down all!« platzierten sich die Pudel auf ihren jeweiligen Plätzen.

Die Königspudel auf dem Sofa, und die Zwergpudel auf den barocken Stühlchen. Alle Pudel hatten pinkfarben glänzende Schleifen umgebunden und sahen allerliebst aus.

Gabi sagte:

»Higher and higher!«

Und die Pudel stellten sich alle auf ihre Hinterbeine und streckten ihren Oberkörper und die Pfoten in die Luft. Gabi verteilte Leckerli nach getaner Arbeit an ihre Pudelbande. So ging es noch ein paar Minuten weiter. Die Pudel zeigten ihre Kunststücke, sprangen durch Reifen und tanzten auf ihren Hinterbeinchen. Sie beendeten ihren Auftritt mit einer Polonaise und verabschiedeten sich unter kräftigem Applaus.

Nachdem die Bühne wieder für Basti freigeräumt war, interviewte er Gabi. Sie erzählte, dass sie vor zwei Jahren bei dem ersten Vortrag von Sebastian gewesen war und von ihm gecoacht wurde. Er hätte sie bestärkt, sich ihren Wunsch nach einem Hund, einem Pudel, zu erfüllen. Zu der Zeit hätte sie als Friseuse in einem Salon gearbeitet, und ihr Leben habe sich im Laufe der letzten 24 Monate komplett auf die Pudel ausgerichtet. Inzwischen sei sie in Deutschland mit ihrer Pudelshow unterwegs, und zuhause betreibe sie einen Hundesalon, da sie auf Hundefriseurin umgeschult habe, berichtete Gabi weiter.

Sie spräche in ihrer Show mit den Hunden auf Englisch, weil sie bemerkt hätte, dass die Hunde die Kommandos in englischer Sprache besser lernten.

Langsam endete der Vortrag. Basti bestärkte alle Besucher darin, sich ihrer Ziele und Wünsche bewusst zu werden und diese umzusetzen. Planmäßig um 16 Uhr beendete er seine Veranstaltung.

Linda packte ihre Handtasche und verließ flott die Wandelhalle. Sie rief Frauke und Hanno ein rasches Tschüss zu und wetzte los, um ihren Zug nach Oldenburg zu erreichen. Es klappte vorzüglich, und sie saß pünktlich im Zug. Keine 20 Minuten später war sie in Oldenburg.

# Exkurs

Das Wetter hatte gehalten, und es war einer der wenigen sommerlichen Abende, die das Frühjahr zu bieten hatte. Nach einem kurzen Fußweg erreichte sie das Deichcafé, in dem sie die Mickymaus treffen wollte.

»Na, Mickymaus sollte ich jetzt nicht sagen, wenn ich ihn treffe!«, sagte Linda vergnügt zu sich.

Da noch Zeit war, zog sie sich auf der Toilette ihr neues Glitzer-Shirt an und schminkte sich ihre Lippen mit ihrem pinkfarbenen Lippenstift. Pink war unverzichtbar.

Bestens gelaunt setzte sie sich ins Café und bestellte eine Tasse Kaffee. Serviert wurde ihr ein Becher Kaffee.

Etwas später stand er an ihrem Tisch. Mit tiefer männlicher schnorrender Stimme und pfälzischem Dialekt sagte er:

»Moin, isch denk, mir sin verabredet! Isch bin der Mike!«
Linda lächelte und nannte ihren Namen. Sie musste sich einen Lachanfall verkneifen, denn so wie Mike, die Mickymaus, sich vorgestellt hatte, ging es weiter.

»Wir hawwe ja heut ein irres Wetter für unsere Verabredung abbekommen!«

*Jetzt strengt er sich mit dem Sprechen an, damit ich ihn verstehe,*schätzte Linda.

»Ja, das sieht ganz so aus! Wann bist du denn in Oldenburg angekommen?«

»Heut Morsche um 9.30 Uhr, isch hatte einen Termin bei der Bank, wie isch dir am Telefon sagte. Und jetzt soll isch denen eine neue Homepage aufbauen und die neuen Datenschutzrichtlinien für die Bankkunden dabei berücksichtigen.«

»Das hört sich nach Arbeit an!«

Sie bestellte sich ein BMW, das ist die Abkürzung für Bier mit Wasser in Norddeutschland, und Micky – alias Mike – bestellte sich ein Pils.

»Übrigens, Linda, isch heiße Michael, alle nennen mich Mike, das wollte isch dir sagen. Isch glaube, isch hatte es schon gesagt. Micky möchte isch nicht genannt werden, es erinnert misch an eine Mickymaus, und die bin isch nicht!«

Sie lachte und sagte: »Okay, Mike!«

Da traute Linda kaum ihren Augen. Ein paar Tische weiter saß ihre Freundin Katinka mit Paul.

*Das darf doch nicht wahr sein, cool bleiben Linda!*

»Und was mache wir mit dem angebrochene Abend, Linda? Hascht du einen Plan?«

In dem Moment, als Mike das fragte, kamen die Getränke.

»Ich wollte mir etwas zum Essen bestellen und hier sitzen bleiben. Ich mag diesen Platz!«

»Isch hab keinen Hunger, isch trinke nur was!«

Sie bestellte sich ein Wiener Schnitzel mit Pommes und Salat, denn sie hatte wenig Lust auf die Salatblattnummer. Das Gespräch entwickelte sich schleppend zwischen der ehemaligen Mickymaus und ihr. Das servierte Schnitzel schmeckte allerdings ausgezeichnet.

»Du siehscht ganz anders aus, wie auf dem Foto, Linda!

Hascht du net längere Haare gehabt und warscht dunkel-blond?«

»Das kann schon sein. Ich habe mir eine neue Frisur zugelegt.«

*Das fehlte noch, dass ich jetzt anfange, über meine Frisur und mein Aussehen zu diskutieren,* entschied sie.

Mike erzählte von seiner letzten gescheiterten Ehe und seinem Teenagersohn. Mike war auch keine 35 Jahre, wie er im Profil angegeben hatte, sondern 45.

Kurzum, sie merkte rasch, dass das Schreiben mit Mike vielversprechend war, die Realität jedoch anders aussah. Inzwischen waren Katinka und Paul weg, sie hatten Linda nicht gesehen.

»Mike, ich hatte einen langen Tag heute und wollte meinen Zug um 21.20 Uhr nach Leer noch erreichen. Ich würde mich gerne verabschieden.«

»Was, schon, Linda? Wie schade! Isch hatte misch auf einen netten Abend mit dir gefreut! «

»Getrennt oder zusammen?«, fragte die Kellnerin beim Kassieren.

»Getrennt!«, sagte Mike und kramte aus seiner Hosentasche etwas Kleingeld, um sein Bierchen zu bezahlen – sie zahlte den Rest.

Vor dem Lokal verabschiedeten sie sich rasch, mit einem »Ich rufe Dich an« und Küsschen links und Küsschen rechts.

Linda war heilfroh und erleichtert, als sie in der Bahn nach Leer saß und die halbdunkle Landschaft an ihr vorbeirauschte. Kurz nach Bad Zwischenahn erhielt sie von Mike eine WhatsApp-Nachricht.

Er schrieb:

*Hallo Linda, vielen Dank für das Treffen, doch leider bist Du nicht mein Typ. Ich wünsche Dir für Deine Zukunft alles Gute!*

Sie antwortete:

*Hallo Mike, ich wünsche Dir auch alles Gute für Deine Zukunft!*

Kurz darauf kam von Basti eine Nachricht:

*Hallo Linda, ich lade Dich morgen zum Abendessen bei mir ein. Ich koche für uns! Würde Dir 18:30 Uhr bei mir passen? Ich freue mich auf Dich!*

Sie antwortete:

*Danke Basti, das passt und ich freue mich auch! Bis morgen Abend!*

*Das ist ja klasse, eine Einladung zum Abendessen bei Basti*, dachte sie.

Durch das nächtliche Leer nach Hause zu schlendern fand Linda entspannend und inspirierend zugleich. Bedingt durch das Wetter, was einer milden Sommernacht gleichkam, waren die Lokale in der Innenstadt und Altstadt prima besucht.

Zuhause angekommen, fand sie einen Zettel im Briefkasten, dass ihr Kater Willi durch das Fenster ausgebüxt sei und bei ihrer Nachbarin Frau Brunsbüttel war.

*Dieser Schlingel!* Sie hatte verschiedene Male darüber nachgedacht, ihrer Nachbarin ihren Kater zu überlassen, denn sie hatte kaum Zeit für ihr Katerchen.

Sie nahm sich fest vor, das mit Frau Brunsbüttel zu besprechen.

\*\*\*

Gestern Sommer und heute Winter, das ostfriesische Wetter zeigte sich an diesem Sonntagmorgen wieder regnerisch. Linda wurde durch den Klingelton ihres Handys geweckt.

Es kam ihr sofort Basti in den Sinn. Bei dem Gedanken an ihn durchströmte sie ein wohliges, prickelndes Ziehen.

Sie überlegte: Sie war von ihm hin und weg, hatte sie sich in ihn verliebt? Nach der Begegnung mit der Mickymaus von gestern lag das klar auf der Hand.

Wieder klingelte ihr Handy – es war ihre Mutter.

»Hallo Mam! Wie geht es dir? Alles okay bei dir?«

»Hallo Liebes, ja, alles okay. Ich könnte stundenlang schwärmen von Paris! Karl und ich bummeln durch die Stadt, und besichtigen dabei die tollsten Sachen, wie zum Beispiel den Louvre, Notre Dame, Sacré-Coeur und Montmartre. Morgen fahren wir nach Versailles, ich bin so happy, dass wir noch in Paris sind! Wir kommen erst nächstes Wochenende zurück. Wir möchten uns Zeit lassen auf der Rückreise. Ich habe im Reisebüro alles organisiert, da müssen sie noch eine Woche ohne mich auskommen. Das wird klappen! Und bei dir, Linda, wie war dein Vortrag gestern?«

»Mam, die Veranstaltung war klasse. Ich konnte viel für mich mitnehmen, was ich in mein Leben integrieren kann. Das erzähle ich dir, wenn du wieder zurück bist. Mir geht es prima, genieße deine Reise und bis bald, Mam!«

»Ich drücke dich Linda! Und habe eine erfreuliche Woche! Bis nächsten Sonntag!«

Sie stand auf, duschte ausgiebig, und mit ihrer neuen Frisur war ihr blendend zumute.

Sie trug ihre Lieblingsjogginghose und ein übergroßes rotes T-Shirt.

Den frisch gebrühten Kaffee goss sie in ihre blaue Jumbotasse mit weißen Pünktchen, und mit der Tasse in der Hand inspizierte sie ihre Wohnung.

Sie setzte sich in ihren Ohrensessel und knabberte Kekse zu ihrem Kaffee.

Die Unordnung war ihr egal, komplett egal. Erst einmal wollte sie faul sein. Zu allem Überfluss klingelte es an der Haustür. Ihren Kater wollte sie später bei Frau Brunsbüttel abholen, sie spickte durch den Türspion.

Vor ihrer Tür stand Katinka. Rasch öffnete sie die Tür.

»Moin, Katinka! Das ist ja eine Überraschung!«

»Ich habe Croissants mit Schokoladenfüllung mitgebracht, die liebst du doch!«

»Komm rein, Kaffee ist fertig!«

»Deine Wohnung sieht verwandelt aus, und du auch! Echt klasse!«

Nachdem ihre Freundin die Veränderungen an Linda und an ihrer Wohnung bestaunt hatte, saßen die Freundinnen einträchtig im Wohnzimmer – dem die Verschönerungsaktion bevorstand.

»Was hast du denn mit deinem Wohnzimmer vor? Hast du da schon eine Idee?«

»So richtig nicht. Ich muss mich entscheiden, wie ich es haben will.«

Katinka fand den goldfarbenen Taschenspiegel vom gestrigen Vortrag auf Lindas Wohnzimmertisch.

»Was ist denn das? Das ist ja ulkig, der Satz ›Es geht um Dich‹! Was hat das zu bedeuten? Ist das nicht voll egoistisch?«

»Ich habe mir da meine Gedanken gemacht, und ja, ich denke, dass es egoistisch ist. Auf der anderen Seite hat mir der Vortrag schon vorher jede Menge Impulse gegeben, und da ging es auch darum: Will ich so leben, wie ich lebe? Das Ergebnis siehst du bereits in meiner Wohnung, Katinka. Diesen Handspiegel haben wir alle zur Erinnerung geschenkt bekommen. Egal um was es geht, es geht um einen selbst!«

Katinka drehte den Handspiegel langsam hin und her.

»Und seit wann hast du deine neue Frisur, Linda?«

»Freitagnachmittag kam mir impulsiv die Idee mit der neuen Frisur. Um nochmal auf das Egoistische zurückzukommen, wenn wir uns mehr trauen, das zu leben, was wir können, ist das doch positiv? Der gestrige Vortrag von Sebastian war total motivierend für mich. Für mich war die Veranstaltung gratis, weil Paul mir das Ticket geschenkt hatte. Da hat er mir ein Supergeschenk bereitet! Katinka, ich habe dich gestern mit Paul im Deichcafé in Oldenburg gesehen, aber ihr mich nicht. Ich war dort mit einer Verabredung.«

»*Was?* Und da hast du dich nicht zu erkennen gegeben? Das ist ja blöd! Und mit wem warst du dort? Mit Sebastian, von dem du so schwärmst?«

Linda rührte irritiert in ihrer Kaffeetasse, mit so einem emotionellen Ausbruch von Katinka hatte sie nicht gerechnet. Entschuldigen wollte sie sich nicht, es gab keinen Grund.

»Nein, mit einem Mann, den ich über das Internet kennen gelernt hatte, ist aber auch schon wieder vorbei. Ich war nicht sein Typ, und er nicht meiner. Heute Abend bin ich mit Sebastian verabredet!«

»Hört sich aufregend an, das musst du mir erzählen! Und zwar alles!«

Linda erzählte ausgiebigst, bis auf das kurze Intermezzo mit Paul. Ihre Freundin hörte aufmerksam zu und sagte mit feierlicher Stimme:

»Liebe Linda, ich habe dir etwas zu sagen: Ich bin mit Paul zusammen und bin so erleichtert, dass es dir nichts ausmacht!«

»Ich habe dir gesagt, du kannst deine eigenen Erfahrungen mit ihm machen. Ich wünsche dir ... euch nur das Beste und hoffe, dass dir eine Enttäuschung erspart bleibt!«

Von der gemeinsamen Nacht mit Paul erzählte sie Katinka nichts, denn das war pure Leidenschaft und bedeutungslos.

Inzwischen war es kurz nach 15 Uhr, und die Freundinnen verabschiedeten sich.

*Warum hatte sie Katinka die Nacht mit Paul verschwiegen? War das überhaupt fair von ihr? Wen schützte sie denn? Doch nicht Katinka, sondern sich! Egal, komplett egal,* sinnierte sie.

Momentan hatte sie keine Lust, ihrer Freundin davon etwas zu sagen. Sie wollte sich um die Umgestaltung ihres Wohnzimmers kümmern.

Linda holte ihr Notizbuch und schrieb:

*Umgestaltung des Wohnzimmers:*

Mal sehen, was ihr dazu einfiel. Sie ließ ihren Blick durch ihr Wohnzimmer schweifen. Sie schrieb:

*1. Aufräumen.*

Sie nahm ein Tablett und räumte das Geschirr vom Frühstück in die Küche. Wiederholt befüllte sie das Tablett mit allem, was sie für überholt und überflüssig hielt: Figürchen, Schüsselchen und Kästchen – Nippes! Wieder ging sie in ihre Küche und räumte die Sachen auf den Küchentisch. Die Sammlung mit den Eulenfigürchen wollte sie behalten, die würde einen neuen Platz bekommen. Sie schob alle Möbel auf die Seite und rollte den alten Teppich von Tante Hilde zusammen. Das war das Geschenk von ihr zu ihrem Einzug in die Wohnung. Den schweren Teppich zog sie in den Flur, irgendwer würde kommen und ihn brauchen, entschied sie. Nachdem ihr Fußboden wieder zu sehen war, putzte sie ihn gründlich.

*Es sieht wie auf einer Baustelle in meiner Wohnung aus, und Frau Brunsbüttel sollte ich anrufen*, stellte sie mit einer Portion Selbstmitleid fest.

*Egal, komplett egal!* Sie gönnte sich eine Badestunde in ihrer Wanne, und von duftendem Lavendelschaum eingehüllt, entspannte Linda sich erst einmal von dieser turbulenten Woche.

Was sie alles erlebt hatte. Sie träumte von ihrer Verabredung mit Basti und sehnte den Abend herbei. Zuvor wollte sie jedoch mit Frau Brunsbüttel telefonieren. Das tat sie auch.

Frau Brunsbüttel war von Lindas Vorschlag, ihr den Kater Willi zu überlassen, entzückt. Sie lud Frau Brunsbüttel zum Essen ein, und sie vereinbarten, dass sie den Zeitpunkt und das Lokal noch besprechen würden. Morgen Nachmittag würde sie die Sachen von ihrem Kater vorbeibringen.

Linda atmete erleichtert tief durch. Wieder hatte sie eine Entscheidung getroffen.

# Debüt

Das Haus, in dem Sebastian wohnte, fand sie auf Anhieb und parkte exakt vor dem Eingang. Kaum hatte sie geklingelt, riss er die Haustür auf.

»Hallo Linda! Spitze, dass du so pünktlich bist! Hast du gleich den Weg hierher gefunden?«

Basti sah umwerfend aus.

Er trug sein dunkelblaues Hemd locker über der Jeans. Seine Haare glänzten nass, und Linda nahm an, dass er sich nach dem Duschen rasch angezogen hatte, denn er war barfuß.

Basti zog sie an sich und küsste sie zärtlich auf die Wange, dabei registrierte sie seinen durchtrainierten Körper.

»Ich habe den Weg gleich gefunden, in Leer kenne ich mich definitiv aus!«

Sie schaute sich um, der Flur und die Küche waren topaktuell minimalistisch gestaltet, so etwas hatte sie bisher nur im Fernsehen gesehen.

»Was ist Linda? Du schaust so erstaunt?«

»Wow, das hatte ich jetzt nicht erwartet! Bei dir sieht es aus wie in einer Architektenwohnung, so modern und durchgestylt!«

Basti führte sie an den Esstisch, den er in Grün eingedeckt hatte.

Schlichte Platzteller aus Holz und jadegrüne Teller, das

Besteck exquisit, und dunkelgrüne Stoffservietten, die wie Ahornblätter aussahen.

Sie hatte ihm ihr Gastgeschenk auf den Holztisch gestellt – eine Flasche Sekt.

»Du solltest mir doch nichts mitbringen, Linda, danke dir! Ich stelle uns den Sekt für später kalt!«

»Ja, gerne. Wie du den Tisch eingedeckt hast, das sieht sagenhaft aus! Was hast du uns denn gekocht?«

»Ich habe uns Rouladen mit Salzkartoffeln und Bohnen mit Speck ummantelt zubereitet, nachdem ich von dir am Samstag in der Pizzeria gehört hatte, dass du eine Schwäche dafür hast!«

Er richtete geschickt das Essen auf die Teller.

Es folgte Stille, denn beide genossen die Mahlzeit.

»Das schmeckt genial, Basti! Wie geht es dir heute nach deinem Vortrag?«

»Ich fühle mich top, für mich ist das eine Lieblingsbeschäftigung! Wenn mir später meine Teilnehmer erzählen, dass sich ihr Leben zum Positiven hin verändert hat, erstaunt es mich stets wieder aufs Neue, wie tiefgreifend die Veränderungen sind.«

Sie unterhielten sich angeregt, und nach dem Essen zeigte Basti Linda sein Haus. Ihre Unterhaltung riss nicht ab, sie sprachen über die Gestaltung von Wohnräumen und deren Auswirkung auf das Leben und diskutierten, ob es wirkte. Basti erzählte bei der Gelegenheit, dass seine verstorbene Ehefrau Isabel das Haus eingerichtet hatte.

»Das tut mir leid, ich hatte keine Ahnung, dass du verwitwet bist!«

»Sie hatte einen Verkehrsunfall vor drei Jahren und verstarb noch an der Unfallstelle. Sie fehlt mir.«

Basti stand, während er die Sätze sprach, mit gesenktem Kopf vor dem Fenster. Linda ergriff seine Hand und drückte sie sachte. Er drehte sich um und schaute sie an.

»Nach ihrem Tod begann ich, alles, was für mich überflüssig war, aus dem Haus zu schaffen. Es war für mich ein Akt der Trauerbewältigung. Isabel ist ein Teil von mir, aber ich spüre, dass ich mich langsam wieder für eine Beziehung öffne.«

Seine Augen ruhten auf ihr. Er umarmte sie und zog sie an sich, und so standen sie eine ganze Weile eng umschlungen beieinander. Zärtlich küsste er sie und Linda erwiderte hingebungsvoll seinen Kuss. Im Zeitlupentempo lösten sie sich voneinander, und er fragte:

»Möchtest du einen Kaffee trinken?«

Die vertraute Stimmung endete.

»Oh nein, ich glaube nicht!«, sagte Linda. Sie schaute auf die Uhr.

»Es ist schon 22 Uhr. Ich fahre nach Hause. Wir können etwas ausmachen für nächste Woche!«

»Ja, gerne, Linda!«

»Du kannst mich besuchen kommen. Wie wäre es am Mittwoch?«

»Warum nicht? Ich bring dich zu deinem Auto!«

Der Aufbruch war etwas abrupt für ihren Geschmack.

Sie saß in ihrem Auto, und auf dem Weg nach Hause überdachte sie den Abend mit Basti.

Sie schlief in dieser Nacht unruhig, den Kopf voll mit den Eindrücken von Sebastian, seinem Haus und seiner verstorbenen Frau.

Montags bei der Arbeit begegnete sie auf dem Flur Katinka, und bei der Begrüßung fiel ihr auf, dass sie etwas gedrückt wirkte.

Kurz darauf hatte sie eine WhatsApp-Nachricht auf ihrem Handy.

»Gehen wir in der Mittagspause einen Kaffee trinken?«, fragte Katinka.

*Gerne*, schrieb sie zurück.

Die Arbeitszeit bis zur Pause verging wie im Flug, und die Freundinnen saßen sich in ihrem Lieblingscafé gegenüber.

»Wie geht's dir? Du siehst aus wie sieben Tage Regenwetter!«

Das war zwar nicht positiv, doch Linda fiel nichts Besseres ein.

»Paul kommt nicht aus dem Quark. Ich kenne mich nicht mehr! Im Vertrauen gesagt, im Bett klappt es prima, aber sonst ... Ich habe keine Ahnung, wie das beziehungsmäßig funktionieren soll!«

»Ich habe dir früher oft genug erzählt, was mit Paul und mir los war. Ich höre dir gerne zu, doch sagen kann ich nichts dazu. Katinka, du hast ihn vorher auch gekannt!«

»Mal was anderes, wie war dein Date mit Sebastian?«

»Ich bin jetzt noch hin und weg von unserem Treffen! Am Mittwoch sehen wir uns wieder.«

»Hast du von deiner Mutter aus Paris etwas gehört?«

»Meiner Mam geht's klasse, und sie hat Fotos aus Paris geschickt. Hier sieh mal!«

Gemeinsam schauten sie sich die Bilder auf dem Smartphone an.

»Die beiden sehen prima aus!«, sagte Katinka.

Sie tranken ihren Cappuccino aus und schlenderten zurück zur Arbeit – die Mittagspause war wieder einmal zu schnell vorbei.

Der restliche Arbeitstag verlief schleppend, und Linda sehnte den Feierabend herbei.

***

Beim Öffnen ihres Briefkastens fiel ein Brief von Basti heraus. Da sie diesen in Ruhe zu lesen begehrte, brachte sie zuerst das Katzenklo und die restlichen Katzenfutterdosen zu Frau Brunsbüttel.

Sie trank kurz eine Tasse Tee mit ihrer Nachbarin und spielte mit ihrem Ex-Kater, der sich etwas beleidigt gab.

Kaum zuhause, öffnete sie den Brief von Basti. Darin stand:

*Liebste Linda, der Abend mit Dir war zauberhaft. Deine erfrischende Art und dein Verständnis für mich, hat mich tief berührt. Dein ehrliches Wesen und Dein Aussehen haben mich komplett geflasht. Ich freue mich auf unser Wiedersehen und zähle bis dahin die Stunden, Basti.*

Sie legte den Brief beiseite, und ein Strom von Glück und Liebe durchflutete sie.

*Wow, wenn das kein Liebesbrief ist! Er hat Gefühle für mich, und ich – ich auch!*

In diesem Moment erkannte sie, dass sie Schmetterlinge im Bauch hatte. Sie atmete tief durch.

Wenn doch schon Mittwoch wäre, dachte sie. In ihrer Wohnung herrschte wieder einmal heilloses Durcheinander.

»Meine Güte, was bin ich für eine Chaos-Queen!«, schalt sie sich.

Ihr Blick schweifte durch ihr ramponiertes Wohnzimmer, mit Bastis minimalistisch durchgestylten Räumen hatte dies hier keine Ähnlichkeit.

Geputzt hatte sie gestern Nachmittag, aber es gab noch einiges zu erledigen. Eine neue Möblierung herzaubern konnte sie nicht, aber sie hatte eine Idee. Sie schnitt aus einem Blatt Papier Papierschnipsel und probierte damit die Möbelanordnung für ihr Wohnzimmer, auf einer zuvor von ihr angefertigten Skizze des Raumes, aus.

Das Sideboard würde an die breite Wand kommen, und das dort stehende Bücherregal würde sie ins Schlafzimmer an die leere Wand schieben, jedoch mit wesentlich weniger Inhalt.

„Aussortieren, Linda!«, ermahnte sie sich.

Sie holte sich einen Karton und schrieb darauf »Bücher zum Mitnehmen«. Ab sofort würde eine Kiste gefüllt mit ausrangiertem Lesestoff am Eingang ihrer Wohnung stehen, und jeder, der zu Besuch da war, könnte sich ein Buch aussuchen. Rasch hatte sie ihre Wälzer sortiert, und übrig blieben nur ihre Lieblingsbücher.

Das Regal war leer und ließ sich in ihr Schlafzimmer schieben.

»Meine Güte, wie viele Jahre habe ich denn dafür gebraucht?«, reflektierte sie. Das Wohnzimmer gab nun ein anderes Bild ab. Sie reinigte erneut den Fußboden. Erschöpft setzte sie sich auf ihren Sessel, um sich ihren Möbelplan anzuschauen. An die freigewordene Wand könnte sie das Sideboard stellen, doch das sollte sie auch leer räumen, damit es sich bewegen ließ, überlegte sie.

So räumte sie die gesamte Tischwäsche aus, die sie im Sideboard verwahrte, eine Tischdecke nach der anderen, die sie nicht mehr benutzte. Sie stopfte rigoros alle Tischtücher in den blauen Müllsack.

Einige davon hatte sie zur Hochzeit mit Paul geschenkt

bekommen. Es blieb, was ihr aktuell gefiel. Ebenso sortierte sie ihre Bettwäsche, mit dem Ergebnis, dass auch hier die Hälfte in einem Müllsack landete. Die hochwertigen Gläser und das Geschirr stapelte sie auf dem Wohnzimmertisch. Endlich war es so weit: Unter jeder Ecke des Sideboards schob sie ein Geschirrhandtuch, und so rückte sie es an die dafür frei gewordene Wand. Den Phonowagen mit ihrem Fernseher platzierte sie großzügiger in der Ecke.

Sie zog ihren Fernsehsessel auf die andere Seite des Sofas und hatte sofort Platz in ihrem Wohnzimmer. Doch sie bemerkte, dass irgendetwas fehlte. Mehrere Zimmerpflanzen und eine Orchidee würden ihr Wohnambiente verbessern, dachte sie.

Wegen ihres Katers hatte sie auf Pflanzen verzichtet, denn mit Vorliebe buddelte er die Erde aus und knabberte die Blätter an.

Diese Sorge hatte sich für sie erledigt, ihr Kater hatte sein neues Zuhause bei Frau Brunsbüttel gefunden.

Linda trug drei prall mit Wäsche gefüllte Säcke zu ihrem Auto und verstaute sie im Kofferraum, entsorgt sollten sie am nächsten Tag auf dem Weg zur Arbeit werden. Später räumte sie das Sideboard pragmatisch wieder ein. *Egal, komplett egal!* Wahllos, ohne Methode, stellte sie ihre Sachen in das Regal im Schlafzimmer hinein. Erschöpft und ohne Abendessen fiel sie in ihr Bett – ihr reichte es vom Aufräumen und Putzen.

Kurz vor dem Einschlafen sprangen ihr folgende Bilderfetzen durch den Kopf: Ihre Mam mit Karl in Paris, auch sah sie Basti, Paul und sich, wie sie gemeinsam auf dem Jahrmarkt in einem Boxauto fuhren.

Katinka sah sie, die ihr die Karten legte und sie warnend

mit weit aufgerissenen Augen anschaute. Ihr Kater Willi saß vor ihr und schüttelte sein Köpfchen und fauchte bedrohlich.

Linda sah sich im Traum, wie sie in ihren goldenen Spiegel schaute und zu sich sagte: »Es geht um mich! Ich darf das!«

# Geheimnis

Der Dienstag im Amt verflog rasant. Die Arbeit ging ihr flott von der Hand, und nach Feierabend hatte sie Einkäufe geplant. Sie traf Katinka in der Mittagspause, und sie unterhielten sich. Langsam erhielt es einen normalen Stellenwert, dass Katinka mit Paul zusammen war. Ihre Freundin beklagte sich weiterhin über Pauls Verhalten, aber er war doch so hinreißend. Linda nickte dazu, von der letzten Liebesnacht mit Paul würde sie ihr eventuell einmal erzählen – doch das hatte Zeit.

Nach Feierabend kaufte sie auf dem Weg nach Hause drei kleine weiße Orchideen und zwei Farne mit passendem goldfarbenem Übertopf. Zuhause angekommen, kam eine Orchidee auf das Fensterbrett im Schlafzimmer, und den Farn stellte sie auf ihr Bücherregal. Sie ordnete die Bücher erneut ins Regal und räumte ihre Eulensammlung ein. Für die anderen zwei Orchideen und den Farn fand sie einen Platz im Wohnzimmer auf dem Fensterbrett. Sie war fasziniert, wie vorzüglich das aussah, exquisit mit den goldenen Übertöpfen.

Linda schaute sich um, die Gardinen stachen ihr ins Auge, die alten Dinger von der Resterampe kamen ihr auf einmal geschmacklos vor. Weg damit, dachte sie. Das Fenster würde ohne Vorhänge besser aussehen. Zufrieden begutachtete sie das Ergebnis. Mit Bastis Designer-Ambiente konnte sie sich sowieso nicht vergleichen.

Im Bad wollte sie Ordnung schaffen und alles putzen. Das tat sie und legte ihre neuen gelben Handtücher hin. Inzwischen war es halb neun, als sie sich mit einem belegten Brot und einem Früchtetee vor den Fernseher setzte.

Ihre Mam hatte Fotos aus Paris geschickt, und sie konnte sehen, wie diese die Reise mit Karl genoss.

Halb lag sie und halb saß sie auf ihrem Sessel und kam sich so aufgeräumt vor – auch innerlich. Sie fragte sich, wann sie das zuletzt erlebt hatte. Basti gefiel ihr, und es gefiel ihr, dass sie sich mit der Mickymaus am Samstag getroffen hatte. Es gab ihr einen Geschmack von Freiheit und Abenteuer … *genial*.

Ihr Handy klingelte mitten in ihre Selbstzufriedenheitsarie hinein. Es war Katinka.

»Hallo, Katinka!«

»Stimmt das, dass du mit Paul vorletzten Samstag geschlafen hast?«, schnaubte Katinka empört ins Handy.

»Ich verlange eine Erklärung von dir, Linda! Paul und ich sind fest zusammen!«

»Erstens wusste ich das zu diesem Zeitpunkt nicht, und zweitens bin ich dir null Rechenschaft schuldig! Ich verstehe dich, doch ich sehe keinen Grund weshalb ich mich bei dir entschuldigen müsste.«

»Du hättest es mir sagen müssen, als ich dir sagte, dass ich mit Paul zusammen bin!«

»Für mich war das auch eine blöde Lage, weißt du? Paul brachte mir nachts noch die Truhe von meiner Oma vorbei, und dann passierte es.«

»Halt mich nicht für blöd! Du hattest es nötig, und da kam Paul dir gerade recht! Und so was nennt sich Freundin. Doch damit ist erstmal Schluss!«

Erbost hatte Katinka das Telefonat beendet.

Auch das noch, dachte Linda. Sie erinnerte sich nicht, jemals mit ihrer Freundin so gestritten zu haben.

Nachdem sie ein paarmal tief durchgeatmet hatte, entschied sie, sich schlafen zu legen. *Egal, komplett egal!*

Es war Mittwochmorgen und wieder Sonnenschein, doch für den Abend war ein Gewitter angesagt. Auf dem Weg zur Arbeit sann sie darüber nach, wie sie sich Katinka gegenüber verhalten sollte. Sie beschloss, sich ganz normal zu geben.

Am Eingang schoss Katinka an ihr vorbei, ohne sie eines Blickes zu würdigen. *Das sieht sehr ernst nach Krise aus, ob das wieder wird?*, fuhr es Linda durch den Kopf.

Zum Glück arbeiteten Katinka und sie in verschiedenen Abteilungen. Am Vormittag blieb der Anruf wegen der gemeinsamen Mittagspause aus. Sie ging in die Stadt und trank einen Cappuccino in einem Café.

Eine Kollegin sah sie im Café und fragte:

»Seit wann machst du ohne Katinka Pause? Habt ihr euch gestritten?«

»Wüsste nicht, was dich das angeht«, erwiderte Linda zickig.

*Jetzt weiß es gleich das ganze Amt! Egal, komplett egal, Leer ist aber auch ein Dorf,* dachte sie.

Für das Abendessen besorgte sie beim Italiener Antipasti und frisches Baguette, und Tomate mit Mozzarella konnte sie vorher richten, so dass sie beim Essen Zeit für die Unterhaltung mit Sebastian hatte. Auf dem Weg nach Hause kam sie wieder an einer Gärtnerei vorbei. Sie sah eine größere Ficus-Benjamini-Pflanze und kaufte sie auch noch.

Voll bepackt kam sie zuhause an und stellte alles in der

Küche ab. Den Benjamini wollte sie in der Küche neben ihre alte Truhe auf einen Hocker stellen, einen dunkelblauen Übertopf hatte sie im Keller gefunden. Die Antipasti richtete sie gekonnt auf einer Platte an, und die Tomaten mit Mozzarella. Auf den Tisch legte sie eine weiße Tischdecke mit gelben Tupfen und stellte ihre gelben Essteller darauf. Die roten Papierservietten faltete sie fächerförmig und arrangierte sie auf den Tellern.

»Bei mir ist bunte Mischung angesagt!«, summte sie vergnügt vor sich hin.

Ihren Kummer mit ihrer Freundin schob sie weit von sich, sie hatte nichts Böses getan. Oder hätte sie es ihr sagen sollen? Es würde schon wieder werden, dachte sie.

Linda duschte und legte sich nackt auf ihr Bett. Sie genoss ihren Körper und die Ruhe im Haus. Ihre neue Frisur war pflegeleicht. Ihr Haar flott gewaschen, kurz mit dem Föhn trocken pusten, und alles war tipptopp. Sie schreckte durch schrilles Klingeln auf. Das würde Sebastian sein, dachte sie. Sie sprang an die Tür und rief in die Sprechanlage: »Ich öffne gleich!«

Sie eilte wieder in das Schlafzimmer und zog sich eilig an: eine Jeans mit rotem T-Shirt. Mit beiden Händen fuhr sie durch ihr Haar, setzte die Brille auf und war fertig.

So war das zwar nicht geplant gewesen, sie wollte einen auf extra gestylt machen, doch das hatte sich jetzt erledigt.

Sie öffnete die Haustür und sah dabei aus wie eine zerzauste Eule.

»Moin Linda, habe ich dich geweckt?«

»Nur ein bisschen, moin Basti!«

Basti gab Linda zur Begrüßung einen zarten Kuss auf den Mund.

Sie stellte sich auf die Zehenspitzen, denn ohne Absatzschuhe war sie kleiner als sonst, und küsste ihn. Ihr fiel auf, wie muskulös er war. Er trat ein und schaute sich um.

»Basti, ich zeige dir gleich meine Wohnung! Bedingt durch deinen Vortrag hat sich hier einiges geändert!«

Sie führte ihn in ihr Wohnzimmer, die Küche, das Bad und zeigte ihm ihr Schlafzimmer.

»Da kannst Du dich wohlfühlen, Linda! Ich spüre, dass du darin wohnst, du hast es geschafft, den Räumen deinen eigenen Stil zu geben!«

»Wie würdest du denn meinen Stil bezeichnen?«

Linda stand nahe bei Basti, als dieser sich umdrehte und sie unvermittelt in seine Arme zog und sagte:

»Zauberhaft!«

Er küsste sie ungestüm, und sie registrierte seine Hände auf ihren Hüften. Ihr Herz schlug schneller, und sie erwiderte hingebungsvoll seinen Kuss. Atemlos vom Küssen, sagte sie:

»Ich habe uns was zum Abendessen gerichtet – vorher!«

Verflixt, was hatte sie da gesagt, das durfte nicht wahr sein, dachte sie. *Vorher!* Gesagt war gesagt. *Ist doch egal, komplett egal!*

Er nahm sie in seine Arme und flüsterte:

»Aber ja doch!«

Er bemerkte, wie peinlich berührt Linda war, obwohl sie versuchte, es zu überspielen.

Kurz darauf saßen sie in ihrer Küche und ließen sich das italienisch anmutende Mahl und den Lambrusco schmecken. Sie unterhielten sich über dies und das, lachten und alberten.

»Magst du Musik hören?«

»Gerne, aber nur romantische Musik, bitte. Am liebsten italienische Musik, Linda!«

Wie auf ein Stichwort verabredet nahmen beide ihre Rotweingläser, und sie zog Basti in ihr Schlafzimmer.

Kaum hatten sie ihre Gläser abgestellt, küssten sie sich wieder hingebungsvoll.

»Willst du es auch, Linda?«, flüsterte er ihr ins Ohr.

Sie drückte sich näher an ihn und registrierte seine Männlichkeit. Der Sog der Erotik und der Sturm der Leidenschaft erfasste beide, und ihre Kleider flogen beim Ausziehen in die Ecken. Ehe sie sich versahen, waren sie mitten im Liebesspiel.

Ekstatisch kamen sie gleichzeitig zum Höhepunkt, und Linda war hin und weg, so etwas hatte sie noch nicht erlebt. Das war nicht das gewohnte Körperspiel, wie sie es von Paul kannte, sondern da war etwas Unbekanntes dabei. Was das war, konnte sie nicht sagen.

Atemlos lagen beide auf dem Bett und betrachteten sich stillschweigend.

»Du siehst so goldig aus, wenn du mich mit deinen braunen Augen anschaust!«

Basti schaute sich in Lindas Schlafzimmer um und sah ihre Eulen im Regal.

»Das passt zu dir – deine Eulensammlung.« Er stand auf und zog sich an.

»Magst du noch einen Kaffee oder Espresso, Basti?«

»Nein danke, Linda. Ich fahre gleich nach Hause, ich muss für morgen etwas vorbereiten. Ich melde mich bei dir. Hättest du auf einen Ausflug Lust?«

Sie schlüpfte in ihr Sleepshirt und brachte ihn an die Haustür.

»Ja, das würde mir Spaß machen!«

Zum Abschied küssten sie sich innig. Nachdem die Tür geschlossen war, legte Linda sich ins Bett und trank einen Schluck Rotwein.

Sie überlegte, ob die Verabschiedung ein wenig abrupt für ihren Geschmack gewesen war – oder vielleicht doch nicht. Sie wollte nichts hineininterpretieren, doch sie war wieder mittendrin in ihrem Gedankenkarussell. War das richtig, mit ihm zu schlafen, gleich beim ersten Treffen bei ihr? Mochte er sie wirklich?

»Egal, komplett egal!«, reflektierte sie und ließ sich ihren Rotwein schmecken. Da fiel ihr ein, dass sie italienische Musik auch keine mehr aufgelegt hatte. Sie stand auf und schaffte Ordnung in der Küche und im Schlafzimmer, setzte sich vor ihren Fernseher und zappte erfolglos durch die Programme. Dann holte sie sich ihre »Lebe-sofort-Liste«, und ihr Blick fiel auf den Punkt Freundschaft.

Der Streit mit Katinka saß ihr quer. Und das alles wegen Paul, dachte sie. Aus eigener Erfahrung war ihr bekannt, wie hinreißend Paul sein konnte. Seine leichtfertige Art kannte sie aber auch, und für ihre Freundin hoffte sie, dass Paul es ehrlich mit ihr meinte. Ihrer Meinung nach litt Paul unter Beziehungs-Alzheimer: Wenn er da war, erinnerte er sich an alles, und wenn er weg war, hatte er es vergessen. Es bestand immerhin die Möglichkeit, dass es bei Paul und Katinka anders war. Sie fragte sich, was sie nur tun konnte, um sich wieder mit ihr zu versöhnen. Es war zwar spät, doch sie wollte unbedingt an Katinka einen Brief schreiben und ihr diesen am nächsten Morgen bei der Arbeit überreichen.

Sie holte ihr goldgelbes Briefpapier und schrieb mit ihrem Tintenfüller in Schönschrift.

*Liebste Katinka,*

*Ich habe nachgerechnet, wie lange wir uns kennen. Ich habe Dich in demselben Monat, als ich mit 19 Jahren mit meiner Mutter nach Leer zog, kennengelernt. Ich habe mich neben Dich gesetzt in der Berufsschule und von da an waren wir unzertrennliche Freundinnen.*

*Liebste Freundin, Du bedeutest mir so viel, Du bist keine Selbstverständlichkeit in meinem Leben.*

*Die Männer gingen, doch unsere Freundschaft blieb, das kann jetzt nicht sein, dass ich Dich wegen Paul verliere!*

*Hätte ich an dem Abend nur im Geringsten vermutet, dass Du mit Paul zusammen bist, wäre mir das nicht passiert.*

*Es hatte nichts zu bedeuten!*

*Katinka, solltest Du in der Lage sein, unsere Freund-schaft zu erhalten, bitte ich Dich, Dich bei mir zu melden.*

*Egal was ist, ich bin für Dich da. Deine Freundin Linda*

Erleichtert und todmüde fiel sie in ihr Bett. Sie träumte, dass sie mit mehreren Freundinnen in Oldenburg zum Tanzen unterwegs war, doch sie kannte diese Frauen nicht. Sie hakte sich bei einer Frau ein, diese fühlte sich auf einmal kalt und schlaff an. Gleichzeitig schaute sie in das Gesicht von ihrer Freundin Katinka. Im Traum überlegte Linda, ob sie überhaupt mitgehen sollte. *So ein Quatsch!* Sie erwachte schweißgebadet. *Egal, komplett egal!*

Sie schaute auf die Uhr, es war erst halb fünf, und sie konnte noch zwei Stunden schlafen. Wie gewohnt schaute sie auf ihr Smartphone. Basti hatte eine WhatsApp-Nachricht geschickt:

*Gute Nacht mein Eulenmädchen, wir sehen uns bald wieder. Ich sehne mich nach Deinen Küssen! Basti*

Linda schmiegte sich wohlig in ihre Kissen und schwebte auf Wolke sieben.

\*\*\*

Pünktlich um halb acht saß sie an ihrem Schreibtisch. Katinka hatte sie nicht getroffen – sie würde ihr den Brief später geben.

Der Arbeitstag verging wie im Flug, denn Arbeit war genügend da, doch von ihrer Freundin war keine Spur. Sie entschied, den Brief auf dem Nachhauseweg bei ihr einzuwerfen.

Mit raschen Schritten steuerte Linda das Haus von Katinka an und warf ihr den Brief in den Briefkasten.

»Hey, Linda, was machst du denn hier! Willst du zu Katinka?« Paul parkte vor Katinkas Haus und war auf dem Weg zu ihr.

»Hey Paul, nein, ich muss gleich weiter, ich habe ihr nur was in den Briefkasten geworfen. Sag ihr bitte einen Gruß von mir!«

Sie verhielt sich so normal wie möglich, und doch war sie grimmig.

Musste ihr ausgerechnet jetzt Paul über den Weg laufen?

Linda flanierte an der Promenade der Leda entlang in Richtung ihrer Wohnung und bog in die Fußgängerzone ab. Sie wollte Farbe kaufen, weil sie vorhatte, die alte Truhe mit einem Zebramuster zu bemalen. Sie kaufte schwarze und weiße Lackfarbe und einen Pinsel. Wenn Mam von Paris zurück war, würde sie sich wundern, was sich alles in ihrer Wohnung und mit ihr getan hatte, dachte sie. Sie sinnierte, wie sich das mit Basti weiterentwickelte: Würde es eine Liebesbeziehung geben? Und wollte sie eine festere Bindung mit ihm eingehen? Passten sie zusammen oder war es ein kurzes Strohfeuer? *Egal, komplett egal.* Das würde sie herausfinden.

Zuhause angekommen, schob sie die Holztruhe, das schwere Teil, in die Mitte ihrer Küche, sodann legte sie den Fußboden mit Zeitungspapier aus. Sie öffnete die Truhe. Da ihr der alte, vergilbte Blümchenstoff nicht gefiel, entfernte sie ihn vollständig.

Es kam die Holzverschalung zum Vorschein, und da sah sie, dass innen am Boden ein Holzlättchen abstand.

»Was steht denn da ab?«, fragte sie sich und riss an dem Lättchen.

Es löste sich, und sie bemerkte, dass darunter etwas war.

»Da ist noch ein Boden!«, staunte sie.

Sie entfernte daraufhin den gesamten oberen Teil, und zum Vorschein kam eine tiefer gelegene Einbuchtung mit einem kleinen Griff.

»Eine Art Geheimfach, oder Ähnliches! Was hat denn Oma da versteckt?«, rätselte sie.

Sie zog daran, und das Fach öffnete sich. Der Boden der Truhe war mit Goldmünzen und Goldschmuck bedeckt. Nachdem sie es ausgeräumt hatte, entdeckte sie unter dem Gold einen Brief. Sie las:

*Geliebtes Lenchen!*

*Dieser kleine Schatz soll Dir helfen, es im Leben leichter zu haben, als es mir und Deinem Vater vergönnt war. Das Gold stammt aus dem Verkauf unseres Hofes bei Aurich, mit dem restlichen Gold haben wir unser neues Haus in Jever bezahlt.*

*Wir haben uns entschieden, es in Deiner Aussteuertruhe zu verstecken, und wenn Du es findest, wirst Du es sicher benötigen.*

*In Liebe Deine Eltern Alwine und Friedhelm*

*Geschrieben im Juni 1925.*

Linda schüttelte den Kopf und war fassungslos. Kaum zu fassen, dachte sie, das hieße ja, dass das ihre Urgroßeltern waren, die für Oma Lena die Aussteuertruhe anschafften und dort einen Teil des Verkaufserlöses von ihrem Hof bei Aurich in das Geheimfach gaben.

Weder ihre Mam noch ihre Oma Lena hatten davon Kenntnis gehabt. Oma Lena war vor fünf Jahren gestorben, und Mam als einzige Tochter hatte das alte Häuschen in Greetsiel geerbt, denn ihre Urgroßeltern hatten auch das Haus in Jever verkauft und waren nach dem Krieg nach Greetsiel gezogen. Nachdem Mam ihren Dad kennengelernt hatte, zogen sie nach Süddeutschland um. Ihr Vater verstarb an einem Herzinfarkt, da war sie vierzehn Jahre alt.

*Das ist eine Geschichte,* dachte sie. Paul hatte ihr nichtsahnend diesen Schatz in die Wohnung geschleppt.

*Das war genial!* Sie stand auf und tanzte vor Freude in der Küche.

Sie türmte den Goldschatz auf ihrem Küchentisch auf: Es waren dreißig Goldstücke und alter Goldschmuck.

Ein Vermögen lag vor ihr. Linda holte eine Flasche Sekt aus dem Kühlschrank. Wenn das kein Anlass für ein Gläschen Sekt war, dachte sie. Sie machte zwei Stapel, einen für ihre Mam und einen für sich.

Was das für eine Überraschung für ihre Mutter wäre.

Sie überlegte, dass sie sich ein Schließfach anmieten könnte und das Gold dort deponieren würde, um es bei Bedarf zu verkaufen. Es war ein umwerfendes Gefühl für sie, auf einmal Geld zu haben, einen ganzen Batzen Geld. Sie hob das Glas und trank auf Alwine und Friedhelm und auf Lenchen, die das Gold nicht gefunden hatte.

Das Bemalen der Truhe verschob sie, so aufgeregt wie sie war. Morgen früh plante sie, im Büro anzurufen und erst einmal einen Tag Urlaub zu nehmen. Sie würde mit zwei Goldmünzen in der Tasche nach Oldenburg fahren, diese bei der Landeszentralbank einwechseln und nach Herzenslust shoppen.

# Täuschung

Das mit dem Urlaubstag hatte Linda fix mit der Personalstelle geregelt, und nun hatte sie einen freien Tag inklusive Wochenende vor sich. Top-schick zurechtgemacht, fuhr sie mit dem Zug nach Oldenburg. Der Hauptbahnhof lag zentral, und sie startete von dort aus ihren Stadtbummel.

Mit ihren zwei Goldmünzen wanderte sie direkt zur Landeszentralbank und bot sie zum Kauf an. Für ihr Gold erhielt sie 2048,23 Euro nach dem gängigen Tageskurs.

Sie hatte sich eine Einkaufsliste gefertigt und wollte zuerst zum Optiker, um sich eine schicke Sonnenbrille zu kaufen. Gesagt, getan. Die ersten 269 Euro war sie los, dafür hatte sie eine neue Sonnenbrille. Danach suchte sie eine Boutique auf und probierte Sommerkleider in Größe 44 an. Auf Anhieb passten ihr drei Kleider – sie kaufte sie alle drei für 372 Euro. Im Anschluss steuerte sie ein Schuhgeschäft an, dort fand sie zwei Paar bequeme und trotzdem modische Sandalen für 188 Euro.

Geschafft schlenderte sie zum Eiscafé und besetzte mitsamt ihren Einkaufstüten ein Tischchen. Diese Einkaufstour sollte mit einem Eisbecher gekrönt werden. Sie bestellte sich vernünftigerweise aber nur einen Cappuccino.

Da tönte es: »Hallo, schöne Frau, wie geht es?«

Sie erkannte Hanno wieder, den sie bei Bastis Vortrag kennengelernt hatte.

»Moin, Hanno, mir geht es prima, und dir?«

»Kann ich mich zu dir setzen, Linda, oder erwartest du jemanden?«

»Setze dich, ich bin allein unterwegs!«

»Hast du frei? Und wie ich sehe, hast du erfolgreich geshoppt?« Linda lachte ihn an.

»Ja, ich habe heute Morgen impulsiv freigenommen und bin zum Shoppen nach Oldenburg gefahren. Und du?«

»Ich war beim Orthopäden wegen meiner Kreuzschmerzen und bin ein wenig durch Oldenburg geschlendert. Hat der Vortrag bei dir etwas bewirkt?«

»Ja, meine Wohnung hat ein neues Gesicht bekommen, und ich habe mir vor dem Vortrag eine neue Frisur zugelegt. Und wie sieht es bei dir aus?«

»Bei mir geht es drunter und drüber, privat und geschäftlich. Meine Frau betrügt mich mit ihrem Fitnesstrainer, wie ich mitbekommen habe. Ich habe lange davon nichts wissen wollen, schon der Kinder wegen. Ich nahm an, dass es vorbeigeht. Doch sie hat mir gestern gesagt, dass sie sich scheiden lassen möchte. Das Leben geht weiter, sage ich mir, doch es sieht chaotisch aus – mein Leben!«

Linda rührte in ihrem Cappuccino und senkte berührt den Blick.

»Hanno, mir fehlen die Worte. Sebastian schenkte uns am Samstag einen kleinen Handspiegel mit dem Satz: ›Es geht um Dich!‹ Ich habe das Gefühl, dass es für dich dringend angesagt ist, das zu machen, was dir guttut, Hanno. Falls du das in deiner Lage hinbekommst.«

»Ich werde mir eine Liste anfertigen mit Sachen, die mir gefallen. Sebastian hat uns ja gesagt, wie wirksam diese Listen sind. Zu formulieren, was wir wollen. Eventuell sehe ich klarer, und es stärkt mich. Ich habe heute meinem Betrieb geschwänzt und bin zum Arzt. Ich brauche Zeit für mich, das hätte ich leichter haben können. Ich kenne nur arbeiten, arbeiten und arbeiten, deswegen fand meine Frau auch den Fitnesstrainer aufregender. Könnten wir uns nochmal zum Reden treffen, Linda? Deine Handynummer habe ich vom Vortrag.«

Sie mochte nicht Nein sagen, zumal sie Hanno liebenswürdig fand.

»Wir wollten eh einen Termin wegen der Tapete in meinem Schlafzimmer ausmachen. Es geht um eine Wand, die zu tapezieren wäre. Erinnerst du dich?«

»Klar, ich entsinne mich. Ich berechne dir den normalen Stundenlohn für Gesellen, weil du es bist! Wann geht es bei dir?«

»Passt es dir nächste Woche Mittwoch gegen 17 Uhr?«

»Ich packe einige Mustertapeten ein, auch mit Leopardenmuster. Für eine Wand brauche ich wenig Tapetenrollen, es gibt moderne, die sind selbstklebend und lassen sich leicht wieder entfernen.«

»Das heißt, du würdest gleich die Tapeten anbringen? Klasse!«

»Ich rufe dich an, wenn ich in mein Terminbuch geschaut habe.«

Inzwischen hatte Hanno Lindas Cappuccino mitbezahlt, und beide verabschiedeten sich wie beste Freunde, die sich lange nicht mehr gesehen hatten.

Linda hatte doch keinen Eisbecher gefuttert, wie geplant, denn sie passte gerade so in die Kleidergröße 44. Da nutzte kein Jammern. Sie überlegte, ob sie eine andere Wahl hatte. Entweder mehr Sport oder weniger Eis und Torte, befand sie.

Beschwingt bummelte sie durch die Fußgängerzone von Oldenburg mit ihren Einkaufstaschen. Ruckartig blieb sie stehen, denn sie traute ihren Augen nicht. Da knutschte Paul mitten in der Fußgängerzone eine Frau – nur war das nicht Katinka. *Wer war dieses fremde weibliche Wesen?*

Rasch knipste sie mit ihrer Handykamera ein Foto, so dass er es nicht sah. Er war so sehr mit dem jungen Ding beschäftigt und zeigte von Vorsicht keine Spur.

Sie bemitleidete Katinka wegen des Fremdknutschens nach so kurzer Zeit, war ihre Freundin doch fest davon überzeugt, dass sie eine Beziehung mit Paul und keine Liebelei hatte, das hatte sie ihr deutlich gesagt.

Linda überlegte, ob sie, selbst denn eine Beziehung mit Sebastian hatte. Nach zwei Begegnungen wohl eher nicht, entschied sie. Sie nahm an, dass sich daraus durchaus etwas Verlässliches entwickeln konnte, doch sie sah sich selbst noch nicht in Treue mit ihm verbunden. Sie wäre auch nicht richtig verliebt, würde ihre Mam zu ihr sagen, dachte sie weiter.

Da fiel ihr auf, dass heute noch gar keine WhatsApp-Nachricht von ihrer Mam gekommen war, und sie wunderte sich. Am Sonntag hatten Mam und Karl wieder da sein wollen, und sie freute sich auf das Wiedersehen mit ihnen. Wie sehr ihr ihre Mutter fehlte, war ihr erst bewusst geworden, seitdem ihre Mam im Urlaub war.

Linda sah, dass sich Paul mit seiner Flamme Richtung Lappan entfernte. Sie setzte sich ihre neue Sonnenbrille auf und folgte den beiden mit sicherem Abstand. Eng umschlungen und sich ständig küssend, bogen sie ab. Und Linda folgte ihnen. Sie filmte ein Video, und darauf war Paul deutlich zu erkennen. Davon musste Katinka erfahren – das war gar keine Frage für sie.

Trotz des Schreckens mit Paul und seiner Neuen verspeiste sie einen Döner und trottete Richtung Bahnhof. Ihre Kauflust hatte sie für heute befriedigt, denn sie fand es genial, zu kaufen, worauf sie Lust hatte, und noch Geld überzuhaben. Später würde sie bei ihrer Bank ein Schließfach anmieten, dachte sie.

Mit der Rückfahrt nach Leer klappte es vorzüglich, und sie kam trockenen Fußes nach Hause. Der Regen und der Sturm, der zu dem Zeitpunkt einsetzte, kaum dass sie die Haustür hinter sich geschlossen hatte, war selbst für ostfriesische Verhältnisse beachtenswert.

Dass sie Hanno getroffen hatte in der Stadt und er nächsten Mittwoch wegen der Raubtiertapete in ihrem Schlafzimmer kommen würde, beglückte sie. Endlich bewegte sich die Neugestaltung ihrer Wohnung wieder ein Stückchen vorwärts. Ihre neuen Kleider hängte sie an ihren Kleiderschrank, und die Sandalen stellte sie davor. So konnte sie sie vom Bett aus betrachten, wenn sie wollte.

Zuerst waren ihre Malkünste gefragt. Sie grundierte die Truhe mit weißer Farbe. Das schwarze Zebramuster sollte später aufgemalt werden.

Nach getaner Arbeit saß sie zufrieden auf ihrer Couch und trank Tee, dabei las sie in ihrem Smartphone die neuesten Nachrichten.

Sebastian hatte eine WhatsApp-Nachricht geschrieben:
*Du fehlst mir!*
Auch Katinka hatte eine geschickt:
*Ich will Dich treffen!*
Ihre Mam hatte sich ebenso gemeldet:
*Wir kommen am Sonntagmittag in Leer an und freuen uns auf eine Kaffeestunde bei Dir!*

Sofort rief sie ihre Mam an.

»Hallo, Mam, wie schön! Ich habe am Sonntag alles da, wenn ihr kommt. Brötchen und Kuchen! Es gibt viel zu erzählen, Mam!«

»Das glaube ich dir! Ich … wir haben auch einiges zu berichten!

Linda, ich … wir freuen uns! Wir fahren grad durch einen Tunnel, und bevor das Funkloch uns unterbricht, verabschiede ich mich! Tschüss, Linda, bis Sonntag!«

Etwas zögerte Linda, bis sie Katinka anrief. Da ihre Freundin nicht an das Handy ging, sprach sie ihr auf die Mailbox:

»Hallo Katinka, hier ist Linda. Wo wollen wir uns treffen? Wann passt es dir? Mein Vorschlag wäre heute halb sieben im Museumshafen! Lass uns einen Kaffee trinken gehen! Bis nachher!«

Dann schrieb sie an Basti eine WhatsApp-Nachricht:

*Hallo Basti, du fehlst mir! Ich hätte am Wochenende Zeit, wollen wir etwas unternehmen? Das wäre klasse! Linda*

Einen Gedanken hatte sie noch an ihren Kater Willi geschickt. Sie hoffte, dass er sich bei Frau Brunsbüttel wohlfühlen würde.

Ehrlicherweise fehlte er ihr überhaupt nicht. Sie fragte sich, was nur mit ihr los war. Immerhin war ihr Katerchen seit zwei Jahren ein treuer Mitbewohner, und es war ihr leichtgefallen, ihn abzugeben.

*Musste sie denn ständig alles hinterfragen? Es war okay, so wie es war. Momentan brauchte sie kein Tier mehr, weder einen Hund noch eine Katze. Sie genoss ihre Freiheit und die damit verbundenen Unternehmungen.*

Bastis goldfarbener Taschenspiegel hatte einen Extraplatz auf ihrem Schreibtisch im Wohnzimmer erhalten. Das heißt, sie hatte das Spiegelchen auf einem roten Samtkissen abgelegt, darauf prangte es kitschig und erlangte so die Wichtigkeit, die ihm gebührte.

Sie setzte sich an ihren Schreibtisch und nahm sich wieder einmal ihre »Lebe-sofort-Liste« vor. Hinter dem Punkt Reichtum setzte sie einen Haken, denn sie konnte sich kaufen, was ihr Herz begehrte.

Dieser Punkt hatte sich auf erstaunliche Art erfüllt, alles andere wäre Jammern auf hohem Niveau, sinnierte sie. Mam würde sie das mit ihrem Goldfund unter vier Augen sagen, wenn Karl nicht dabei war.

Irgendwie war ihr wohler damit, und sie wollte auf ihr Bauchgefühl hören. Sie nahm den goldenen Spiegel in die Hand und sagte wieder ihr Mantra:

»Linda, es geht um dich!«

Sie war Mitte dreißig, und da wurde es einmal Zeit für sie, zu wissen, wohin die Reise ging, fand sie. Eines war ihr nach dem Ehedesaster mit Paul klar: Um eine harmonische Partnerschaft zu haben, da gehörte mehr dazu als das, was sie kannte. In einer versteckten Ecke in ihr lauerte die Vorstellung von der Liebe auf den ersten Blick.

*Egal, komplett egal! Dann ist sie jetzt mal egoistisch!*

Sie mopste keine goldenen Löffel vom Tisch einer vermeintlichen Schwiegermutter, dachte Linda. Sie wollte ab sofort ein größeres Stück vom sprichwörtlichen Kuchen des Lebens haben. Ihr Übergewicht sollte sich doch lohnen.

Unauffällig blinkte ihr Smartphone auf. Eine WhatsApp-Nachricht von Katinka. Diese schrieb:

*Später 18:30 am Museumshafen passt! Gruß Katinka*

Das klang zwar reichlich unterkühlt, doch es war ein Anfang, dachte Linda.

*Und hoffentlich bedeutete es nicht das endgültige Aus mit Katinka, wenn ich ihr die Fotos und das Video von Paul zeige.*

Heute wollte sie noch zur Bank wegen des Schließfachs, zuvor musste sie anrufen. Die nette Bankangestellte sagte ihr ein Schließfach zu und dass sie gleich kommen könne.

Sie nahm einen mittelgroßen Karton und legte den Goldschatz hinein, diesen stellte sie sodann in ihren extragroßen Einkaufskorb.

Die neue Sonnenbrille setzte sie sich auf, und ihre weiße Handtasche hängte sie sich um. So ausgestattet begab sie sich auf den Weg in die Leerer Innenstadt.

Sie genoss es, beschwingten Schrittes zu ihrer Hausbank zu gehen.

Die Modalitäten wegen des Anmietens eines Schließfachs waren rasch geklärt, und Linda hatte ein Schließfach. Darin verstaute sie ihren Goldschatz und den Originalbrief von Alwine und Friedhelm. Zuvor hatte sie sich den Brief fotokopiert.

Ihr ging es glänzend. Sie kaufte zwei Orchideen und einen Strauß Tulpen im Blumengeschäft.

Zuhause angekommen, stellte sie die Orchideen jeweils in einen gelben und einen hellgrünen Übertopf. Alles konnte und wollte sie nicht neu kaufen. Besser gesagt in Pedanterie sollte ihr neues Wohn- und Lebensprojekt nicht ausarten. Die Tulpen gab sie in eine schlichte Glasvase und stellte sie in ihrer Küche auf den Tisch.

Da sie an der Truhe weitermalen wollte, zog sie sich um. Sie hatte sich vorgenommen, die Truhe mit dem Zebramuster zu bemalen. Im Internet hatte sie eine Malvorlage gefunden und ausgedruckt. Die weiße Grundierung auf der Truhe war trocken, und sie übertrug das Zebramuster von der Vorlage großzügig mit Bleistift auf die Truhe und malte das Muster mit schwarzer Farbe aus. Das sah sehr effektvoll aus. Die Truhe konnte sich sehen lassen, denn sie sah frisch und modern aus.

Das Smartphone klingelte, und Linda sah, dass es Basti war.

»Hallo, Basti!«

»Hallo, Linda! Wie geht es dir? Das Wochenende steht vor der Tür, und wir haben nichts ausgemacht, oder?«

»Nein, das haben wir nicht. Wollen wir uns denn treffen, Basti?«, fragte sie ihn mit schnippischem Unterton.

Er lachte und sagte:

»Was für eine Frage. Ich schon, und du?«

»Ich auch! Und wo und was?«

»Wie wäre es, wenn ich dich morgen so gegen halb zwei abhole, und wir fahren zuerst nach Bad Zwischenahn und danach nach Dangast? Dort könnten wir spazieren gehen und uns den Wind um die Nase wehen lassen! Zu Kaffee und Kuchen lade ich dich in das alte Kurhaus ein. Mal sehen, was uns einfällt!«

»Gerne, Basti, eine tolle Idee! Ich freu mich!«

»Bis morgen, Linda!«

»Bis morgen, Basti!«

Beglückt über den Anruf und die Verabredung mit Basti legte Linda sich auf ihre Couch und schlief ein. Wieder klingelte das Telefon, und eine echt saure Katinka war am anderen Ende.

»Wo bleibst du denn, Linda? Ich warte hier im Café!«

»Sorry Katinka, ich bin auf der Couch voll eingeschlafen, das gibt es doch nicht! Ich bin spätestens in einer Viertelstunde bei dir! Okay?«

»Ja, beeile dich!«

Auch das noch, da war sie eingeschlafen, dachte sie.

Flink zog sie sich um, und weg war sie mit dem Fahrrad, Richtung Museumshafen. Das Café war fast bis auf den letzten Tisch besetzt, doch Linda sah Katinka sofort an dem Tischchen hinten rechts beim Fenster sitzen.

»Moin! Entschuldige nochmals meine Verspätung!« Linda setzte sich und bestellte sich einen Milchkaffee.

»Wie geht es dir, Katinka?«

»Geht so, und dir?«

»Mir geht's eigentlich ganz gut, bis auf unseren Streit.«

»Linda, ich denke, wir sollten ein Level finden, denn Paul und ich sind ein Paar. Du warst mit ihm verheiratet, das wusste ich.

Und ja, ich habe überreagiert, als ich hörte, dass ihr, kurz bevor ich mit ihm zusammenkam, miteinander geschlafen habt. Ich war ungerecht, das habe ich jetzt auch kapiert! Paul war an eurer gemeinsamen Nacht genauso beteiligt wie du!«

»Katinka, mir liegt an unserer Freundschaft!«

Beide Freundinnen sahen sich tief in die Augen.

»Und noch was, bevor du sagst, ich hätte es dir sagen sollen … Ich habe Paul heute Morgen in Oldenburg mit einer anderen Frau gesehen!«

»Du willst mich und Paul doch auseinanderbringen! Linda, du gönnst uns unser Glück nicht! Und jedes Mittel ist dir recht dazu, also doch!«

Katinka sprang erbost auf.

»Bitte setze dich wieder! Ich kann es dir beweisen! Ich möchte dir ein Video zeigen, oder willst du es nicht sehen?«

Linda sprach mit leiser Stimme weiter:

»Bitte, Katinka, sieh es dir an!«

Inzwischen hatte sich ihre Freundin wieder gesetzt und starrte auf Lindas Smartphone.

Zuerst zeigte sie ihr das Foto und dann das Video, das Paul mit der anderen Frau zeigte.

»Das ist eindeutig Paul!«, sagte Katinka tonlos.

»Doch wer ist die Frau?«

»Das kann ich dir nicht sagen. Ich war heute Morgen in Oldenburg zum Shoppen, und da habe ich Paul mit ihr gesehen und bin ihnen gefolgt, so drehte ich das Video. Ich traute meinen Augen nicht, das kannst du mir glauben!«

Langsam kam das Gefühl der freundschaftlichen Verbundenheit wieder auf.

»Schickst du mir das Video und das Foto bitte?«

»Ja, natürlich.«

»Ich werde heute noch mit Paul reden. Danke, Linda, auch wenn es verdammt weh tut! Ich gehe, reden wir ein andermal weiter. Ich zahle deinen Milchkaffee mit.«

»Danke, Katinka.«

Die Freundinnen verabschiedeten sich fast wie gewohnt herzlich. Linda atmete tief durch, als es überstanden war – es war ihr sehr peinlich gewesen. Essen gehen wollte sie nach alledem nicht mehr. Sie würde sich ein paar Spagetti mit Pesto kochen. Beides gab ihr Junggesellinnenhaushalt noch her. Für den nächsten Tag plante sie, Frau Brunsbüttel eine Orchidee zu schenken und mit ihr die Einladung zum Essen festzumachen.

Gegen neun saß sie mit einem Teller Spagetti mit Pesto und einem Bierchen vor dem Fernseher. Spagetti um diese Uhrzeit, jeder Ernährungsberater würde den Kopf schütteln, doch wie sagten ihre Kolleginnen im Amt: *Linda, du kannst essen, was du willst, aus dir wird nie eine Elfe!*

Es war ihr egal, komplett egal, sie würde sich ihre Spagetti schmecken lassen.

Der Fernseher lief, doch sie schaute nicht wirklich hin. Es ging ihr zu viel durch den Kopf, die Gefühle für Basti hatte sie. Sie war schon verliebt, doch anders, als sie es sonst von sich kannte. Das war doch auch okay, dachte sie, es war gut, so wie es war.

Sie wollte gerade zu Bett gehen, da kam eine WhatsApp-Nachricht von Basti:

*Ich denke an Dich und freue mich auf morgen, mein Eulenmädchen! Schlaf gut! Basti*

Sie schrieb zurück:

*Ich freue mich auch bis morgen, Küsschen Linda.*

Etwas Besseres fiel ihr im Moment nicht ein. Ihr Telefon klingelte, und eine schluchzende Katinka rief an:

»Linda, du hattest Recht! Ich bin so traurig! Paul hat sofort alles zugegeben mit der anderen Frau. Was soll ich nur tun?«

Sie weinte noch mehr.

»Wenigstens hat er es zugegeben! Das ist doch klar, dass du weinst! Das ist normal!«

Linda war sich ihrer pragmatischen Art bewusst, oft fand sie die richtigen Worte.

»Ich kann doch jetzt nicht Schluss machen! Ich hänge an ihm!«

»Katinka, warte doch ab, wie sich die Lage entwickelt. Habt ihr denn besprochen, wie es weitergehen soll?«

»Wir wollten miteinander telefonieren. Hast Du morgen früh Zeit? Wir könnten uns zum Frühstücken in der Stadt treffen.«

»Ja, ich gehe zum Einkaufen auf den Markt. Mam und Karl kommen Sonntag von ihrer Frankreichreise zurück und sind bei mir zum Kaffee.«

»In unserem Lieblingscafé um neun?«

»Ja, Katinka. Versuche zu schlafen, und bis morgen! Alles wird gut!«

»Bis morgen, Linda! Gute Nacht!«

Kurz vor dem Einschlafen kam es ihr in den Sinn:

Jeder Mensch war sein eigener Taktgeber, da stand niemand dahinter und schubste. Du kannst über dein Leben bestimmen, Linda!

Vor ihren Augen ploppte eine alte Fotografie auf. Sie sah darauf Alwine und Lenchen – ihre Oma. Da lächelte sie, und ihr wurde klar, dass alles okay war.

# Poesie und Mee(h)r

Ein frischer Morgen, die Luft schmeckte nach Küste und Meer. Linda ging geradewegs auf ihr Stammcafé zu und peilte, dort angekommen, den Lieblingstisch von Katinka und ihr an. Sie bestellte sich ein Frühstück, Kaffee, ein hart gekochtes Ei, Schinken und Käse und zwei Brötchen. Unter Appetitmangel litt sie nicht, ebenso wenig unter Liebeskummer – den brauchte sie nicht, denn heute Mittag würde sie mit Sebastian nach Dangast fahren, dachte sie.

Schon lange hatte sie das Nordseebad Dangast nicht mehr besucht, und auf den Abstecher nach Bad Zwischenahn freute sie sich.

Regelrecht aufgekratzt erwartete sie Katinka. Diese kam verspätet und entschuldigte sich. Sie hätte mit Paul telefoniert. An ihren verweinten Augen erkannte Linda, dass es ihr übel ging. Katinka bestellte sich ein Croissant und einen Milchkaffee, dagegen sah Lindas Frühstück opulent aus, wie sie fand – anders hätte sie es nicht ausdrücken können.

Linda sagte nichts und aß weiter. Großzügig bot sie von ihrem reichlichen Frühstück Katinka an, doch diese lehnte dankend ab.

»Dir geht's gut, Linda! Das sehe ich, du siehst klasse aus. Gibt es was Neues bei dir, besser gesagt dir und deinem Neuen?«

»Habe ich dir nicht von Sebastian erzählt? Letzte Woche in Bad Zwischenahn war ich bei seinem Vortrag über positives Denken mit Showeinlage. Wir treffen uns heute Mittag und fahren nach Dangast und nach Bad Zwischenahn.«

»Ach so, und bist du verliebt, so richtig mit Haut und Haaren?«

»Na klar, und wie!« Linda strahlte Katinka an.

»Mir geht's prima, und mehr braucht es für den Moment gar nicht! Und bei dir?«

»Mist! Mehr brauche ich nicht zu sagen! Paul gibt zwar alles zu, überlässt mir aber die Entscheidung, wie es weitergeht. Ich habe mir erstmal eine Bedenkzeit von zwei Tagen erbeten.«

»Katinka, ich sage nichts dazu. Ehrlich, was ich sage – es ist verkehrt. Du wirst wissen, was du willst!«

»Linda, ich verstehe dich, lass uns von deiner Mam und Karl reden. Wann kommen sie wieder zurück?«

»Morgen im Laufe des Mittags bzw. Nachmittags. Ich freue mich, wenn sie wieder da sind.«

Die Freundinnen unterhielten sich angeregt, auch über die Veränderungen in Lindas Wohnung. Linda erzählte von ihrer Lebe-sofort-Liste und davon, dass sie das, was sie leben wollte, nach Möglichkeit umsetzte. Sie erzählte ihrer Freundin, wie viel sich schon in ihrem Leben getan hatte, seit sie aktiv an ihre Liste heranging.

»Linda, das ist so klasse, was du da erzählst! Ich glaube, so ein Vortrag von Sebastian könnte mir gefallen. Der Vortrag hatte im Vorfeld so einiges bei dir ausgelöst, und es geht weiter, durch deine Liste, weil du anfängst, dir deine Sachen, so nenne ich es mal, aktiv in dein Leben zu holen.«

»Katinka, legst du noch Karten?«

»Ja, doch die letzten drei Wochen habe ich das vernachlässigt.«

»Du wolltest anfangen, deine Legungen als Video aufzunehmen. Ich meine öffentliches Kartenlegen, um ein Feedback auf deine Legungen zu erhalten. Du hattest doch einiges vor mit deiner Gabe?«

»Ach, Linda! Im Moment hat mich der Mut dazu verlassen. Vielleicht kommt er ja wieder.«

»Eins nach dem anderen, es wird sich das Passende für dich ergeben, wenn du anfängst, in deine Richtung zu gehen! Ich muss los, einkaufen. Für morgen, damit ich Mam und Karl was zum Essen anbieten kann, wenn sie kommen.«

Sie bezahlten und verabschiedeten sich, und der vorangegangene Streit war Vergangenheit.

Linda kaufte auf dem Markt für Sonntag Erdbeeren und Schlagsahne ein, für den Erdbeerkuchen. Außerdem besorgte sie Schinken, Käse und Bauernbrot. Ein paar Schritte vom Markt entfernt war sie schon an der Uferpromenade. Die Atmosphäre im Museumshafen liebte sie, die Schiffe, die sanft im tiefblauen Wasser schaukelten, und die friedliche Stimmung. Sie lief an der Uferpromenade entlang zu ihrer Wohnung.

Zuhause angekommen, räumte sie ihre Einkäufe auf, nahm eine von den neuen Orchideen und ging zur Wohnung ihrer Nachbarin. Sie klingelte bei Frau Brunsbüttel.

»Moin, Frau Brunsbüttel, ich wollte mich nochmals bedanken, dass Sie meinen Kater Willi aufgenommen oder sollte ich besser sagen übernommen haben!«

Linda streckte Frau Brunsbüttel die Orchidee entgegen.

»Danke schön, Linda! Das ist gut, dass du bei mir klingelst. Du kannst Agate zu mir sagen, komm doch rein!«

»Ja, gerne, Agate, doch nur einen Moment. Ich werde nachher abgeholt, weißt du?«

»Linda, ich wollte mal was mit dir besprechen, und zwar wegen deines Katers. Es ist so, ich ziehe um, und den Willi wollte ich gerne mitnehmen. Du müsstest mich in Leer – Heisfelde besuchen! Ich ziehe in das Haus meiner Schwester, dort ist eine Wohnung frei geworden. Eventuell weißt du für meine Wohnung einen Nachmieter oder Nachmieterin?«

»Oh, das ist prima von dir, mir das zu sagen! Da fällt mir meine Freundin Katinka ein. Das müsste ich mit ihr besprechen. Klar besuche ich dich und Willi in Heisfelde, kein Problem! Wegen unserer Verabredung zum Essen – wann hast du Zeit? Würde dir nächsten Freitag im Goldenen Schiff passen? Ich würde einen Tisch reservieren für uns!«

»Gerne, Linda, das schreibe ich mir gleich in meinen Planer!«

Sie stand in dem Flur von Agate und schaute sich um. Die Wohnung war von der Aufteilung her wie ihre, ausgestattet mit einem Südbalkon, auf dem man im Sommer frühstücken konnte. Katinka als Nachbarin, das wäre sagenhaft, dachte sie.

»Agate, ich muss gehen. Ich werde in einer Stunde abgeholt, und ich möchte mich ein wenig ausruhen. Tschüss!«

Willi hatte sie entdeckt, und nach einigem Zögern kam er, streifte um ihre Beine und miaute kräftig. Sie streichelte sein Fell, und er sprang auf das Sofa von Agate.

In ihrer Wohnung angekommen, legte sich Linda auf ihr Bett.

Erstaunlich, wie das klappte, dachte sie. Ihr war wie einer Surferin zumute, die von einer Meereswelle zur anderen gleitet. Ihr Blick fiel auf ihre Eulensammlung. Die war überflüssig für sie geworden, fand sie. Sobald Hanno am nächsten Mittwoch mit den Raubtiertapeten käme, würde sie ihre Eulensammlung erst einmal wegpacken: Sie wollte keine Eule mehr sein.

Sie stand auf und holte eine weiße Jeans und die neue Bluse mit dem Kirschenmuster aus dem Schrank, die roten Sneakers und ihre rote Umhängetasche. Die Fingernägel lackierte sie zu ihrer Bluse passend in Kirschrot.

Es klingelte. Sie griff sich ihre Handtasche und schlug die Eingangstür hinter sich zu. Sebastian wartete im Auto auf sie.

Über die Autobahn fuhren sie nach Bad Zwischenahn, und Linda genoss die Fahrt. Von der Seite sah sie Sebastian an. Was für eine männliche Ausstrahlung er hatte und wie sicher er Auto fuhr, dachte sie.

Auf der Autobahn nach Bad Zwischenahn war geringer Verkehr, und so konnte er Gas geben, und bald erreichten sie ihr Ziel.

Auf einem Parkplatz in Bad Zwischenahn, beim Museumsdorf, parkten sie. Eng umschlungen spazierten sie durch den Kurpark am Zwischenahner Meer entlang. Auf dem Rückweg kehrten sie in den Spieker ein, einem alten Bauernhaus im Museumsdorf, um dort eine Tasse Kaffee zu trinken, bevor sie nach Dangast weiterfuhren.

Am späten Nachmittag erreichten sie den Küstenort Dangast. Beide wünschten sich einen Strandspaziergang. Sie zogen sich ihre Schuhe aus, krempelten die Hosen hoch und marschierten, nachdem Sebastian den Wagen abgestellt hatte, schnurstracks Richtung Nordsee.

»Weißt du, Linda, du musst es nur tun! Ich meine, die Sachen, die dir Freude machen bzw. sagen: ›Ich bin dabei‹!«

Er nahm sie zärtlich in die Arme und küsste sie auf die Stirn.

»Dann komm!«, rief sie, fasste ihn bei der Hand und stürmte mit ihm, Hand in Hand, zum Wasser.

Das Wasser der Nordsee war eiskalt und der Sandboden weich, mit Steinchen, die in ihre Fußsohlen piksten. Hand in Hand spazierten sie weiter am Strand entlang. Beide schwiegen, und sie waren eine Zeit lang mit den eigenen Gedanken beschäftigt.

Basti entdeckte die Flasche, die auf dem Sandboden lag, zuerst.

»Eine Flaschenpost! Das gibt es nicht! Ob da eine Nachricht drin ist? Mach sie auf!«, rief Linda.

Sebastian hielt das durchsichtige Glasfläschchen in der Hand, betrachtete sie von allen Seiten und reichte sie Linda.

»Mach du sie auf!«

Sie verstaute die Flaschenpost in ihrer Handtasche und sagte: »Die öffnen wir später bei mir, okay?«

Wieder küssten sie sich innig, und Basti streichelte ihr sanft über den Rücken.

Langsam spazierten sie zum Auto zurück, von Dangast hatten sie nichts gesehen, denn es war inzwischen dunkel geworden.

»Wir werden nochmal herfahren und uns Dangast ansehen und im alten Kurhaus Kaffee trinken. Was meinst du, Linda?«

»Von mir aus gerne!«

Auf der Rückfahrt nach Leer holte sie die Flaschenpost aus ihrer Tasche und betrachtete sie beglückt.

»Vielleicht ist ja eine Schatzkarte darin und wir finden einen Schatz!«

»Ich habe meinen Schatz gefunden!«, sagte Basti und lachte verschmitzt.

Linda strahlte ihn an und dachte: *Ich auch!* Dies galt aber mehr den Goldstücken aus ihrer Holztruhe.

»Wie schön!«, sagte sie mit sanfter Stimme.

Ja, sie war verliebt in ihn, doch anders als sonst.

Ihr war zu diesem Zeitpunkt nicht bewusst, wie tief ihre Gefühle für ihn waren.

\*\*\*

Die Fahrzeit bis zu ihrer Wohnung verging wie im Fluge.

Sie musste kurz eingeschlafen sein, denn als sie wach wurde, standen sie vor ihrem Wohnhaus in Leer.

»Sag bloß, ich habe die ganz Zeit gepennt?«, fragte sie ihn.

»Das hast du, Eulenmädchen!«

Wieder hatte Basti sie Eulenmädchen genannt.

*Wie blöd, war das denn?*

Linda schob ihr Missbehagen wegen des Kosenamens weit von sich. Es sollte so harmonisch weitergehen. Sicher war sie nur muffelig, weil sie fest geschlafen hatte.

»Hereinspaziert, Kapitän der Autobahn! Mach es dir im Wohnzimmer bequem! Ich richte unser Picknick!«, rief sie Basti zu und verschwand in der Küche.

Das französisch angehauchte Abendessen richtete sie auf einem Tablett an und trug es ins Wohnzimmer.

»Heute die unkomplizierteste Variante überhaupt!«, sagte sie und strahlte ihn an. Basti erwiderte ihren offenen Blick.

»Ich fühle mich wohl mit dir und bei dir, Linda! Und das passiert mir nicht oft!«

»Das geht mir genauso! Ich bin ja so gespannt wegen der Flaschenpost. Wollen wir die Flasche vor dem Essen öffnen?«

»Schau mal, ich habe sie schon geöffnet, allerdings noch nicht reingeschaut! Du kannst das Papierröllchen herausholen.«

Behutsam probierte Linda, das Röllchen herauszubekommen, doch es ging nicht. Sie musste eine Pinzette holen, und zwar eine lange Pinzette. Sie hatte sich eine solche Pinzette letztens auf dem Flohmarkt mitgenommen – jetzt kam sie zum Einsatz.

Geschickt fischte sie das Papierröllchen aus der Flasche.

» Wie aufregend! Mach du sie auf!«

Sie reichte sie ihm. Er rollte das Papier auf. Es war ein Gemälde auf dem  Zettelchen abgebildet.

Auf dem Bild stand folgender Satz:

*Menschen sind veränderlich*

Darunter stand, dass dieses Gemälde aus dem Kunstprojekt »Neue Sprüche für das Poesiealbum« stammte, und es war die Adresse einer Homepage dabei.

»Von diesem Kunstprojekt habe ich in der Tageszeitung gelesen«, sagte Basti.

»Dass wir eine Künstlerflaschenpost mit einem Spruch finden, ist ja witzig«, erwiderte Linda.

Der kühle Roséwein und das Baguette mit Käse und Schinken schmeckten ihnen.

»Wann kommen denn morgen deine Mutter und ihr Freund zurück?«

»Gegen Mittag, glaube ich.«

Basti umfasste Lindas Taille und küsste sie auf den Mund.

»Gibt es jetzt das Dessert, etwas Süßes?«

Linda erwiderte seinen Kuss und seine Berührungen Dementsprechend sah ihr Wohnzimmer hinterher aus. Als ob ein Sturm hindurchgefegt wäre.

Beide lagen sie eng umschlungen auf dem Wohnzimmerboden, und nachdem der Rausch der Leidenschaft vorbei war, stand er auf, suchte seine Kleider zusammen und zog sich an. Dasselbe tat Linda und schenkte von dem Wein nach.

»Hast du ein Poesiealbum, Linda?«

Linda wunderte sich, weshalb er sie jetzt nach ihrem Poesiealbum fragte.

»Ja, habe ich. Müsste ich aber suchen, und dazu habe ich keine Lust!«

»Weißt du, wie der Originalspruch zu ›Menschen sind veränderlich‹ heißt?«

»Steht der denn nicht dabei? Zeig mal!«

Linda sah, dass die Farbkopien nummeriert waren, und ihre Farbkopie trug die Nummer 3.

»Ich könnte mir vorstellen, dass wir auf die Homepage der Künstlerin müssten.«

Auf der Homepage konnten sie unter Nummer 3 das Bild sehen, das sie in ihrer Flaschenpost gefunden hatten. Der Originalspruch hieß:

*Lerne Menschen kennen, denn sie sind veränderlich,*
*die Dich heute Freundin nennen, sprechen morgen*
*über Dich. (Zitat von unbekannt)*

Die Künstlerin hatte den Spruch auf *Menschen sind veränderlich ...* gekürzt. Eine kurze Erläuterung stand dabei,
sie schrieb:

*Zu lange bleiben Menschen in überholten Lebenssi-
tuationen, doch es gilt, weiterzugehen – für den, der
es möchte.*
*Freundschaften dürfen sich verändern, das ist mög-
lich – wie dies bei allen Beziehungen möglich ist.*

»Was glaubst du? Ist es bei allen Beziehungen möglich, sich
zu verändern bzw. weiterzuentwickeln?«, fragte Linda.

»Das kommt auf jeden selbst an, wie er Beziehung oder
Freundschaft definiert! Wir leben in einer anderen Zeit als
vor hundert Jahren und kennen nur die uns bekannten
Formen von Beziehung und Freundschaft. Ich denke, dass
es hier um Achtsamkeit im Umgang miteinander geht«,
erklärte Basti.

Linda hörte ihm aufmerksam zu und trank einen Schluck
Wein.

»Darüber werde ich nachdenken! Ich sehe, meine Mam
hat mir eine E-Mail geschickt – die muss ich gleich lesen!«

»Mach das, ich räume hier mal auf in der Zwischenzeit,
wenn es dir recht ist?«

»Ja!«

Sie las die E-Mail und traute ihren Augen nicht.

»Basti, das ist kaum zu glauben! Das muss ich dir vor-
lesen!«

Er kam ins Wohnzimmer und setzte sich zu ihr auf die
Couch. Linda las vor:

*Liebe Linda,*

*meine kleine Eule, so habe ich Dich schon als Kind genannt, erinnerst Du Dich?*

*Du ahnst nicht, wo Karl und ich in zwei Stunden sein werden: Wir sind im Flugzeug nach Las Vegas!*

*Linda, hoffentlich sitzt Du, wenn ich Dir sage, dass Karl und ich in Las Vegas heiraten! Und wir wollen, dass Du dabei bist!*

*Wir laden Dich und Deine Freundin Katinka zu unserer Hochzeit, am Samstag den 22. April, nach Las Vegas ein.*

*Ich habe vor meinem Abflug nach Las Vegas im Reisebüro alles organisiert, Du und Katinka müsst kommen.*

*Wir freuen uns auf Euch!!!*

*Mam und Karl*


»Deine Mam und Karl trauen sich was!«

»Ich glaube ich lese nicht recht, das scheint meiner Mam mit Karl echt ernst zu sein. Morgen wollten sie aus Frankreich kommen und jetzt landen sie bald in Las Vegas!«

»Fliegst Du?«

»Auf jeden Fall fliege ich, morgen kläre ich mit Katinka, ob sie mitfliegt. Montag gehe ich in unser Reisebüro und schaue, was Mam für uns gebucht hat!«

»Das ist spitze, Linda! Ich freue mich für dich. Das ist eine Überraschung!«

Sebastian schaute ihr verliebt in die Augen und sagte:

»Für eine Doppelhochzeit ist es etwas zu früh, doch Las Vegas finde ich schon eine ausgefallene Location zum Heiraten!«

Sie küsste ihn mitten auf den Mund und erwiderte:

»Definitiv zu früh, doch wir könnten es in die engere Wahl nehmen! Ich werde mir mit Katinka das erstmal ansehen und dir erzählen, wie es war.«

Sebastian schaute auf die Uhr.

»Musst du gehen? Du kannst über Nacht bleiben, wenn du magst.«

»Ich möchte nach Hause, morgen früh kommt ein Freund und holt mich zum Angeln ab – daran hatte ich gar nicht mehr gedacht.«

»Von deinem Angelhobby hast du mir gar nichts erzählt! Dann wünsche ich dir viel Spaß beim Angeln. Petri Heil!«

Sie alberten ein wenig und verabschiedeten sich mit einer zärtlichen Umarmung.

»Ich rufe dich an, Linda.«

»Oder ich dich.«

Nachdem Basti weg war, flüsterte sie:

»Ausgerechnet jetzt fahre ich mit meiner Katinka nach Las Vegas! Na ja, ein wenig Spannung hat keiner neuen Liebe geschadet!«

# Surprise

Der Sonntagmorgen lachte durch Lindas Schlafzimmerfenster.

*Meine Mam heiratet Karl in Las Vegas und lädt mich und Katinka ein! Gigantisch!*

Nachts hatte sie ihrer Freundin eine WhatsApp-Nachricht geschickt und sie zum Frühstück um zehn zu sich eingeladen, und sie hatte sofort zugesagt. Linda wollte Katinka schnellstens von der Einladung zur Hochzeit ihrer Mam und Karl nach Las Vegas erzählen.

Nachdem sie aufgestanden war, richtete sie im Pyjama den Frühstückstisch in der Küche her. Sie benutzte ihr orangefarbenes Frühstücksgeschirr, und stellte es auf die türkisfarbenen Platzdeckchen.

Ja, so konnte ein Sonntagmorgen anfangen, mit einem leckeren Frühstück und einem Frühstücksgast, meinte sie.

Das Wohnzimmer war mit wenigen Handgriffen aufgeräumt, ebenso ihr Schlafzimmer. Sie duschte und zog sich ihre neue dunkelblaue Hose mit dem roten Kirschmuster an, die rote Bluse und rote Ballerinas. Professionell knautschte sie sich ihr Haar zurecht, tuschte ihre Wimpern, legte rosa Lippenstift auf und setzte sich ihre schwarze Brille auf. Sie begrüßte sich aufgekratzt im Spiegel.

»Moin Linda!«, rief sie ihrem Spiegelbild zu.

In diesem kurzen Moment stellte sie erstaunt fest, dass sie sich selbst im Spiegel spiegelte, nicht nur ihr äußeres Bild. Augenblicklich wurde ihr klar, dass das Äußere die Show war und sie anfing, sich mehr zu trauen und sich mehr zu entwickeln. Ihr Leben hatte Fahrt aufgenommen, und sie konnte es genießen.

Inzwischen war es viertel vor zehn, und sie stellte das Radio an und wirbelte ausgelassen durch ihre Wohnung.

Ach ja, Hanno wollte am Mittwoch zum Tapezieren kommen, den Termin musste sie absagen, da war sie in Las Vegas. »Las Vegas« sang sie vor sich hin, und es klang genial für sie.

Katinka klingelte pünktlich, und Linda riss die Tür auf und strahlte ihre Freundin an.

»Guten Morgen!«

»Sieht anders aus, deine Wohnung, echt spitze! Du hast einiges noch umgestaltet, oder? Muss ich sofort sehen!«

Linda führte ihre Freundin durch ihre Wohnung, und Katinka war von den Änderungen hin und weg, da platzte es aus Linda heraus:

»Katinka, die Wohnung von Frau Brunsbüttel wird frei, weil sie wegzieht! Falls du Interesse hättest?«

»Was? Das gibt es doch gar nicht, auf so eine Gelegenheit haben wir gewartet! Oder? Ich müsste die Wohnung sehen. Wenn das klappen würde! Einmalig!«

»Du, ich muss gleich noch eine Neuigkeit loswerden, ich kann unmöglich bis zum Frühstück damit warten. Stell dir vor, Katinka: Mam und Karl heiraten, und zwar nächsten Samstag in Las Vegas. Sie kommen heute nicht nach Hause. Und jetzt kommt es: Mam und Karl laden uns zu ihrer Hochzeit nach Las Vegas ein!«

Katinka schnappte nach Luft.

»Das ist ja genial, eine Einladung nach Las Vegas!«

»Katinka, mit allem Drum und Dran, Flug und Hotel für acht Tage!«

»Und wann?«

»Wir müssten morgen Urlaub einreichen, unser Flug geht am Donnerstag.«

Linda strahlte Katinka an. Es war genial für die beiden. Sie saßen inzwischen in der Küche, und da staunte Katinka.

»Wie hast du das gemacht? Es sieht so klasse bei dir aus! Und wie du die Holztruhe bemalt hast und innen mit dem roten Samtstoff ausgekleidet. Ehrlich, an dir ist eine Innenausstatterin verloren gegangen!«

Während Katinka das sagte, aß Linda genüsslich von dem Baguette mit Käse.

»Sieht die Wohnung von Frau Brunsbüttel so wie deine aus?«

»Ja, wir können nach dem Frühstück bei Agate Brunsbüttel klingeln, und da kannst du dir die Wohnung anschauen. Ich gebe Agate eine Flasche französischen Rotwein, da freut sie sich! Außerdem kann ich ihr sagen, dass wir nach Las Vegas fliegen, weil Mam und Karl dort heiraten!«

Eine Stunde später war alles besprochen. Katinka hatte, nachdem sie die Wohnung gesehen hatte, sofort als Nachmieterin zugesagt. Agate war damit einverstanden, denn sie war die Eigentümerin der Wohnung. Ab und zu klappte es mit der Leichtigkeit. Linda kam sich inzwischen vor, als ob sie den Jackpot von Las Vegas geknackt hätte: Erstens, Katinka würde ihre neue Nachbarin werden. Zweitens würden sie nach Las Vegas fliegen, dort Urlaub machen und waren eingeladen von ihrer Mam und Karl, weil diese heirateten. Drittens, sie war mit Basti zusammen und fühlte sich super dabei. Viertens hatte sie ihre Wohnung so aufgehübscht, dass Katinka gar Qualitäten einer Innenausstatterin bei ihr wahrnahm. Fünftens, ihr Äußeres hatte sie optimiert und erhielt seitdem ein Kompliment nach dem anderen. Und sechstens hatte sich ihre finanzielle Lage schlagartig gebessert, weil sie Oma Lenchens Goldschatz in der Truhe gefunden hatte.

Linda holte tief Luft, und Katinka sah sie fragend an.

»Weißt du, ich bin happy, weil mein Leben eine Mega-Richtung nimmt! Ich komme mir vor, wie wenn ich einem inneren Takt folge, und gleichzeitig gebe ich den Takt vor. Hört sich komisch an, oder?«

»Ich kann das nachfühlen, Linda! Da fällt mir ein, was ich dir wegen Paul erzählen wollte. Stell dir vor, er ist mit seiner neuen Flamme nach Spanien gegangen. So sagte er es mir. Sie wollten dort jobben und zusammen leben.«

»Na, denn auf ein gutes Leben für Paul und seine neue Liebe in Spanien!«

Dabei prostete Linda mit ihrer Kaffeetasse Katinka zu.

***

Katinka hatte sich verabschiedet, und Linda wollte den Sonntag ausklingen lassen. Rasch hatte sie wieder aufgeräumt. An ihre neue Ordnung hatte sie sich inzwischen gewöhnt. Sie setzte sich an ihren Schreibtisch, suchte ihre Listen raus und strich aus den Listen die Punkte, die sich erfüllt hatten. Auf einmal begriff sie, wie das funktionierte.

Sie beschäftigte sich aktiv mit dem, was sie wollte, und sagte mit ihrer Listenschreiberei: Das will ich haben.

Es funktionierte. Das war das Wichtigste.

\*\*\*

Linda und Katinka lehnten sich entspannt in die bequemen Sitze ihres Flugzeuges nach Las Vegas zurück. Alles klappte wie am Schnürchen. Sie hatten am Montag Urlaub eingereicht und ihn genehmigt bekommen. Linda hatte mit Hanno einen neuen Tapeziertermin vereinbart und ihm von ihrer Reise erzählt. Hanno hatte sich wieder mit seiner Frau versöhnt, und sie wollten einen Neuanfang wagen.

Es war nützlich, dass die eigene Mutter ein Reisebüro hatte, denn so brauchte sie sich nur die Flugtickets und den Hotelvoucher abholen.

Mit Basti hatte sie sich vor dem Abflug zum Pizzaessen in der Pizzeria getroffen, in der alles begann.

Sie verabschiedeten sich innig, und Linda hatte ihm genauestens erzählen müssen, wann sie abflog, wann die Hochzeit war und in welchem Hotel sie untergebracht waren.

Herzlich waren Katinka und Linda von den Kollegen und Kolleginnen verabschiedet worden. Sie hatten versprochen, Fotos von Las Vegas zu schicken.

Lindas Mam hatte keine Kosten gescheut und Premium Class gebucht. Die Boeing flog wie an der Schnur gezogen, fast siebzehn Stunden Flugzeit lagen vor ihnen und ein kurzer Zwischenstopp in Frankfurt/Main. Anschließend ging es im Direktflug nach Las Vegas.

»Katinka, ich bestelle mir ein Glas Champagner bei der Stewardess, wenn sie kommt, ist doch alles im Preis drin!«

»Ich auch!«

Genüsslich tranken sie ihren Champagner, und der Gesprächsstoff über ihre Reise nach Las Vegas ging ihnen nicht aus. In puncto Männer hatten sich die Freundinnen einiges zu erzählen.

Sie schliefen, sahen sich Filme an, genossen das Essen und den sagenhaften Service.

Endlich war es so weit, eine karge Wüstenlandschaft, über die der silberne Riesenvogel glitt. Blauer Himmel und weiße Zuckerwolken umrahmten die Boeing. Aufgeregt hielt Linda die Luft an, der Landeanflug beeindruckte sie. In ihrer Phantasie sah sie zur Begrüßung Indianer auf ihren Pferden zum Flugplatz reiten.

»Katinka, schau dir das an, dieses weite Land, so viel Wüste!«

Die ersten Häuserreihen taten sich auf, von oben sah es aus, wie aneinandergereihte Schuhschachteln. Die Boeing glitt tiefer, und zwischen den Schachteln kamen grüne Streifen zum Vorschein, und auf einmal die Landebahn. Ein Ruck – und sie landeten in Las Vegas.

Linda zwickte Katinka in den Arm und sagte:

»Unglaublich! Meine Mam ist immer für eine Surprise gut!«

***

»Huhu, hallo Linda, hallo Katinka!«

Ihre Mam und Karl riefen nach ihnen. Linda hatte sie gleich unter den Wartenden in der Ankunftshalle von Las

Vegas entdeckt. Sie fielen sich in die Arme, als ob sie sich Monate nicht gesehen hätten. Nach der ausgiebigen Begrüßung wurden die Koffer in den Leihwagen von Mam und Karl verladen. Auf der Fahrt ins Hotel kamen die Freundinnen aus dem Staunen nicht mehr heraus. Es war für sie hinreißend, Las Vegas live zu erleben, und dieses Gefühl, mittendrin zu sein.

»Ich habe eine Überraschung für euch, ihr werdet staunen, wenn ihr unser Hotel seht, und bei Nacht erst! Las Vegas leuchtet und glänzt an allen Ecken und Enden!«

»Mam, du schwärmst ja von Las Vegas. Mir war nicht bekannt, dass du so verrückt nach Las Vegas bist!«, sagte Linda.

Sie und Katinka saßen hinten im Wagen, und Karl fuhr den Wagen sicher über den Highway in die City. Ihre Mam drehte sich lachend zu den Freundinnen um und sagte:

»So ist das! Jetzt erlebst du eine neue Seite an mir!«

Sie fuhren etwa 45 Minuten bis zum Old Scotland Hotel.

Es war ein Hotel in Form einer Burg. Linda rieb sich die Augen und fragte sich, ob es so etwas in echt und nicht nur im Film gab.

»Mam, ich bin geflasht!«

Katinka strahlte über das ganze Gesicht vor Begeisterung.

»Habe ich euch zu viel versprochen? Und erst abends, wenn das Hotel beleuchtet ist! Und das Nachtleben von Las Vegas mit seinen Shows und Attraktionen ist hinreißend, finde ich.«

»Lass die Mädchen erstmal ankommen, Schatz!«, sagte Karl.

Es war genau so, wie Linda es sich vorgestellt hatte, ein Hotel der Superlative, und das Zimmer von Katinka und ihr war riesengroß.

Ihre Mam hatte einen Tisch zum Essen im Hotel auf 19 Uhr bestellt, und so konnten Katinka und Linda in Ruhe auspacken, sich frisch machen und ausruhen. Linda war so aufgekratzt vom Flug und von der Verabschiedung von Basti und von Las Vegas.

In ihrem Hotelzimmer gab es zwei auseinanderstehende Betten, ein prächtiges Badezimmer und eine Sitzecke mit Fernseher.

»Wie geht es dir, Katinka?«

Am Morgen hatte sich Katinka am Flughafen übergeben.

»Mir geht's wieder gut, Linda! Es ist nur so, ich müsste meine Periode bekommen, ich bin seit drei Tagen überfällig!«

»Glaubst du, dass du schwanger bist?«, fragte Linda mit erschrockener Stimme.

»Das wäre ein Abschiedsgeschenk von Paul! Was soll ich dir sagen?«, erwiderte Katinka und atmete schwer.

»Besorgen wir einen Schwangerschaftstest im Drugstore.«

»Ich will damit warten und meine Zeit in Las Vegas genießen!«

»Okay, das verstehe ich. Vielleicht bekommst du ja deine Bloody Mary noch.«

Besorgt sah Linda Katinka an und legte sich auf ihr Bett. Sie schaltete ihr Smartphone ein. Zuvor hatte sie sich an der Rezeption eine PIN-Nummer für eine kostenlose Internetverbindung geben lassen. Sie schaute sich ihre WhatsApp-Nachrichten an.

Sebastian wollte wissen, ob sie schon gelandet waren. Sie schrieb ihm und schickte Fotos vom Flug.

Sie lag entspannt auf ihrem Bett und war in Gedanken bei ihrer Freundin. Was, wenn Katinka von Paul schwanger war? Zum Glück hatte sie selbst ihre Periode pünktlich bekommen, dachte Linda.

Schwanger von Paul, das wäre der krönende Abschluss für sie gewesen. Sie wollte abwarten, zuerst einmal würden ihre Mam und Karl am übernächsten Tag heiraten. Erst käme der Freitag, und sie wollten shoppen gehen: ein Brautkleid für Mam und einen Anzug für Karl. Außerdem spendierte Mam Katinka und ihr lange Kleider zur Hochzeit.

Kurz nach sieben am Abend saßen sie alle vergnügt zusammen in dem Restaurant des Hotels. Der Speisesaal erinnerte an König Ludwig von Bayern, und Linda dachte, dass sie im Schloss Linderhof gelandet sei. Die Mahlzeit war untypisch für amerikanische Verhältnisse, denn sie bestellten Wiener Schnitzel und Hähnchen Bavaria. Ihre Mam meinte, dass sie am anderen Tag alle amerikanisch essen gehen würden – in ein Steakhaus, dort könnten sie Burger essen.

Karl ergriff nach dem Essen die Hand von Lindas Mam und sagte:

»Ich werde auf deine Mam aufpassen. War es eine Überraschung für dich, dass wir heiraten?«

»Das will ich meinen, Karl! Sag, wie hast du Mam einen Heiratsantrag gemacht?«

Das interessierte sie brennend, denn ihre Mam hatte ihr nie angedeutet, dass sie Karl heiraten würde. Es gab nicht den kleinsten Hinweis von ihr, und dann kam so eine Überraschung.

Karl setzte an, die Geschichte zu erzählen, da sagte Lindas Mam:

»Linda, er hat mich gefragt, weißt du? Schau, diesen Ring hat er mir an den Finger gesteckt!«

Sie zeigte auf einen schlichten Diamantring in Gelbgold.

»Ist das euer Ehering? Der Ring ist nobel, Mam!«

»Mari, der Ring steht dir ausgezeichnet!«, sagte Katinka, die sich bislang dezent im Hintergrund gehalten hatte.

»Mari Schatz, eigentlich hatte Linda mich gefragt! Ich hatte das so arrangiert, dass deine Mam mit Ja antwortet. Weißt du, mit roten Rosen und einem Candlelight-Dinner! Gerade so habe ich Mari nicht gefragt, das hatte Stil! Und gestern suchten wir in der City unsere Trauringe aus. Morgen nach dem Gravieren werden sie in das Hotel geliefert«, sprach Karl. Linda beneidete ihre Mutter, obwohl sie ihr alles gönnte.

Sie schaute verstohlen auf ihr Handy.

»Wartest du auf eine Nachricht? Du schaust laufend auf dein Smartphone.«

»Nein, Mam, das ist pure Gewohnheit!«

Sie wollte ihrer Mutter von Basti erzählen, doch nicht jetzt.

»Katinka, ich freue mich, dass du und Linda da seit! Ihr seit lange beste Freundinnen und könnt euch aufeinander verlassen. So eine Freundin wie dich, Katinka, hätte ich mir gewünscht!«

»Oh, danke, Mari, für deine Worte! Ich habe mich total über eure Einladung zur Hochzeit nach Las Vegas gefreut! Und dass ihr heiratet, das berührt mich!«

Nachdem Karl die Rechnung bezahlt hatte, schlug Lindas Mutter einen Besuch im Casino vor.

»Es ist gut, ein Ziel vor Augen zu haben!«, meinte sie, und so nahmen sie einen Bus Richtung Downtown Las Vegas. Der zähflüssige Verkehr auf den zum Teil vierspurigen Straßen, vollgestopft mit Bussen und Autos, dazu die Leuchtreklamen von allen Seiten. Linda und Katinka kamen aus dem Staunen nicht mehr heraus. Vorgestern in Ostfriesland – und heute in Las Vegas.

»Das ist ja aufregender und bunter wie im Fernsehen!«, meinte Katinka trocken zu Linda.

»Da hast du Recht, Katinka! Mam! Karl! Danke für dieses tolle Geschenk!«

Von ihren Gefühlen überwältigt, drückte Linda ihre Mam und Karl und auch Katinka, die neben ihr im Bus stand. Es gab im Bus nur Stehplätze, denn die Idee, in das Casino zu fahren, hatten mehrere Touristen. Der Bus stoppte. Von außen tat sich ein imposantes Casinogebäude auf: Protzig und theatralisch. Es war voll im Casino. Lindas Mutter und Karl wollten an den Automaten spielen, und Linda und Katinka erkundeten weiter das Casino.

»Wir könnten uns in einer Stunde an der Bar treffen«, schlug Linda ihrer Mutter vor.

Diese rief ausgelassen: »Okay, Baby!«

Linda wollte die Wasserrutsche sehen, die durch einen durchsichtigen PVC-Kanal durch ein Haifischbecken gehen sollte. Sie zog Katinka mit sich, und Minuten später standen sie im Inneren des Casinos – im Poolbereich.

»Das ist irre, total irre, besser gesagt crazy! Die Haifische sind mir unheimlich! Komm, wir zocken an den Automaten«, sagte Katinka.

»Ja, dazu hätte ich auch Lust«, erwiderte Linda.

Sie hakten sich unter und stiefelten in den Automatenraum.

»Das haut mich um, so viele Spielautomaten, doch egal, komplett egal, da machen wir mit, Katinka!«

Sie suchten sich einen freien Automaten, organisierten sich zwei Barhocker und begannen zu spielen.

Sie waren wie hypnotisiert davon, leider gewannen sie nur ein paar Dollar. Eine Stunde später hörten sie auf und zählten ihr Geld.

Langsam begann es Linda zu dämmern. Das war hier die absolute Spielerstadt, nicht nur eine Stadt zum Heiraten.

*Mam und Karl würden doch keine Spielsucht entwickelt haben? Was bist du wieder für eine Dramatikerin, Linda*, schalt sie sich innerlich.

Sie und Katinka suchten die Bar auf und fanden weder Lindas Mutter noch Karl darin vor. Sie gingen wieder in die Automatenhalle und trafen sie dort am einarmigen Banditen spielend vor.

»Linda, ich habe gleich eine Serie!«

Kaum hatte ihre Mam das gesagt, rasselten die Jetons in das Ausgabefach. Lindas Mutter hatte den Jackpot geknackt. Linda konnte es nicht fassen.

*Wie verrückt ist das denn?*

»So, ihr Lieben, und jetzt gehen wir an die Bar und bestellen uns, was das Herz begehrt!«

Karl küsste seinen Schatz ab und war ganz aus dem Häuschen. An der Bar bestellten sie sich jeweils einen anderen Cocktail, denn Lindas Mam wollte, dass sie gegenseitig probierten. Sie machten alle mit und hatten eine Auswahl zwischen vier Cocktails: Piña colada, Tropic Star, Tequila Sunrise und Swimming Pool.

»Mädels, was gibt es Neues bei euch? Durch unseren Urlaub in Frankreich und unsere Reise nach Las Vegas habe ich einiges nicht mitbekommen. Linda, du hast dich äußerlich verändert, zum Vorteil! Wie du aussiehst mit deiner neuen Frisur! Das steht dir prima, deine Kurzhaarfrisur. Du siehst einer Schauspielerin ähnlich – ich weiß nur nicht, welcher. Kommst du auf den Namen der Schauspielerin? Weißt du, wen ich meine, Katinka?«

»Ja, ich finde auch, dass Linda sich zum Vorteil verändert hat mit ihren kurzen Haaren. Echt flott! Das kann ich dir bestätigen, Mari. Auf die Schauspielerin, der sie ähnlich sehen soll, komme ich auch nicht! Linda hat eine Veränderung in den letzten Wochen hingelegt und nicht nur äußerlich, denke ich! Du müsstest ihre Wohnung sehen, was für ein Schmuckstück, die geworden ist!«

»Ja, Mam, es war einiges los, während du und Karl unterwegs wart!« Linda schluckte und sprach weiter:

»Es gab zwischen Katinka und mir eine Pause wegen Paul. Er war kurz mit ihr zusammen und hatte mit mir einen Abend vorher auch angebandelt. Beide wussten wir davon nichts, trotzdem war erstmal Pause. Katinka und Paul haben sich inzwischen wieder getrennt. Um es kurz zu sagen: Er ist inzwischen mit einer anderen Frau nach Spanien ausgewandert. Unser Bedarf an Paul ist gedeckt! Mittlerweile bin ich mit Sebastian zusammen, der den Vortrag in Bad Zwischenahn gehalten hat. Mam, da gibt es jede Menge zu erzählen!«

Lindas Mam hatte es die Sprache verschlagen.

Karl machte sich bemerkbar: »Ihr Lieben, hättet ihr Spaß an einer Einladung morgen in den Spa-Bereich des Hotels, nach dem Shoppen? Da hättet ihr Zeit, euch alles zu erzählen, und könntet euch erholen und verschönern lassen«, fügte er galant hinzu.

»Danke, das ist spitze!«, riefen die drei einstimmig.

# Finale

Katinka betrachtete mit Interesse die selbstgebastelten Karten, die auf dem Tisch ihres Hotelzimmers lagen.

»Weißt du, diese Karten bringen mich wieder näher zu mir, das hört sich ein wenig verschroben an, ist aber so. Der Vortrag von Sebastian, meine Lebe-sofort-Liste, die ich seitdem führe. Mir ist bewusst geworden, dass dies alles zusammenhängt. Die Gemälde mit den alten Poesiealbum-Sprüchen, ich hatte dir davon erzählt, wie Basti und ich die Flaschenpost in Dangast fanden. Diese Künstlerin hat alte Sprüche aus ihrem Poesiealben in unsere Zeit transportiert und in ihre Bilder integriert. Ich habe mir die Bilder von ihrer Website herunterkopiert und mir daraus Karten gebastelt. Ihre geänderten Sprüche bewirken etwas in mir, ich bekomme Impulse, die ich vorher nicht hatte.«

»Linda, ich höre dir zu und staune! Wie viel du von deinen Impulsen umgesetzt hast in den letzten Wochen! Ich arbeite auch mit Karten, das ist meine Welt, doch von dir kann ich das mit der Liste übernehmen.«

»Schau mal. Ich habe eine Art Kartendeck. Warte, ich drehe die Kunstkarten mit den Sprüchen um, jetzt kannst du dir eine ziehen.«

Katinka ließ ihre linke Hand über die wenigen ausgebreiteten Karten gleiten und zog die Karte mit dem Satz »Menschen sind veränderlich «.

»Mal sehen, was der Satz aus dir macht, Katinka. So, jetzt sollten wir uns fertig machen! Mam und Karl warten sonst in der Hotellobby.«

Kurz darauf schlenderte die Vierergruppe in das Frühstückscafé Lori's Breakfast Point, dort bestellten sie sich ein opulentes, typisch amerikanisches Frühstück ohne Rücksicht auf etwaige Cholesterinwerte oder die Figur.

Lori's Breakfast Point war eine Augenweide, das Frühstückscafé war durchgehend in milchigem Pink eingerichtet, und niemand hätte sich gewundert, wenn Elvis Presley am Nachbartisch gefrühstückt hätte.

Ein wenig war die Zeit in diesem Lokal stehengeblieben, selbst die Bedienung sah aus wie in einem Film der fünfziger Jahre. Sie wirkte wie ein authentisches Rock-'n' Roll-Girl in ihrem pinkweiß karierten Kleid mit weißer Schürze, doch fehlte ihr der passende Petticoat.

Karl bezahlte an der nostalgischen Kasse am Eingang das gesamte Frühstück, denn um elf Uhr sollten sie alle von den Wedding Planern Ray und Mitchell abgeholt werden. Sie wollten zum Brautmoden-Outlet etwas außerhalb von Vegas fahren. Ray würde mit Karl einen Hochzeitsanzug kaufen, den Anzug durfte Mam erst morgen zur Hochzeit sehen, und für Mams Brautkleid galten dieselben Regeln.

Mam erzählte, dass Ray mit einer Amerikanerin verheiratet und Mitchell Deutscher sei und eigentlich Michael hieß und frisch geschieden war.

»Ladys!«, sagte Mitchell, »ihr kommt mit mir!« Karl fuhr mit Ray los, und Mitchell mit den Damen.

Nach etwa fünfzig Minuten Fahrzeit erreichten sie das Brautausstatter-Outlet *Beautiful* und suchten zuerst ein Brautkleid für Mam aus.

»Mitchell, ich stelle mir ein Kleid im Stil einer Königin vor, und es darf verspielt mit Tüll, Spitze und Glitzer sein«, sprach ihre Mam mit schwärmerischer Stimme. Das würde ein Vermögen kosten, war sie sich im Klaren, doch ihrer Mam war das so was von egal, komplett egal.

Bei dem sechsten Kleid, das ihre Mutter anprobierte, kamen alle aus dem Ah-und-Oh-Rufen nicht mehr heraus. Ihre Mutter sah so schön aus in diesem Brautkleid. Katinka hatte Tränen in den Augen, und Linda schluchzte vor Rührung.

»Mam, du siehst phantastisch aus! Karl wird es umhauen, wenn er dich sieht!«

Katinka besprach inzwischen mit Mitchell die Hochzeitsüberraschung, die sie sich für das Brautpaar ausgedacht hatten. Vor der Hochzeitskapelle sollten nach der Trauung achtzehn weiße Tauben freigelassen werden und in den Himmel fliegen. Zwei weitere Tauben würden von Mam und Karl fliegen gelassen werden. Die Freundinnen stellten sich das romantisch vor, als Symbol der Liebe für das Paar.

Linda hatte Katinka und Mitchell im Visier, und sie deutete die Blicke, die sie sich zuwarfen. Das sah nach Interesse aus, dachte sie, und dass sich da etwas anbahnen könnte. Der war nicht von schlechten Eltern, der Michael alias Mitchell, stellte sie fest.

Ihre Mam lud spontan Mitchell und Ray zur Hochzeitsfeier ein. Auch ihrer Mam waren die Blicke zwischen Katinka und Mitchell nicht verborgen geblieben. Das beste Rezept gegen Liebeskummer war doch eine neue Liebe, das konnte Linda bestätigen. So einmalig, wie das in Las Vegas war ... dieses Abenteuer hätte sie gerne mit Basti an ihrer Seite genossen.

Zielsicher suchte Mitchell ein azurblaues Abendkleid für Katinka aus, ein Traum aus Chiffon und aufgestickten blauen Perlen am Ausschnitt. Das Kleid passte ihr auf Anhieb und war wie für sie geschneidert.

Linda sah, dass Katinka sich so freute, dass sie nicht einen Ton herausbrachte.

»Katinka, dieses Kleid nimmst du! Du siehst darin bildhübsch aus!«, rief ihre Mam entzückt aus.

»Katinka, du siehst so hübsch darin aus, genauso wie Mam sagte!«

»Mari, ich danke dir für deine Großzügigkeit!«

Katinka fiel Lindas Mutter um den Hals und bedankte sich euphorisch.

Mitchell, ein Meister der Überraschung, hatte Katinkas Kleid in einem lindgrün gefunden, und nachdem Linda es anhatte, sahen sie, dass es ebenfalls vollendet zu ihrer Haut und ihrem rotblonden kurzen Haar passte.

»Wow, jetzt sehen Katinka und ich aus wie einem Märchenfilm entsprungen, und Mam ist die Königinmutter!«, rief Linda lachend aus und drehte sich selbstverliebt vor dem Ankleidespiegel.

Inzwischen zeigte die Uhr zwanzig nach zwei, und sie verabredeten sich telefonisch mit Karl und Ray zum Lunch im Elodream, einem angesagten Grill- und Hamburger-Restaurant im Western-Style.

Danach sollte der Termin im Spa-Areal des Hotels folgen, den Karl seinen Ladys – so nannte er sie spaßhaft – spendiert hatte. Katinka wollte sich mit Mitchell treffen und bat Karl, ihren Beauty-Termin abzusagen.

Prima, dachte Linda, endlich hätte sie Mam für sich allein. Sie hatte ihr einiges zu erzählen, von dem Goldschatz von Oma Lenchen, den sie in der alten Holztruhe gefunden – und niemandem davon erzählt hatte. Außerdem wollte sie ihrer Mam sagen, dass sie sich beurlauben lassen wollte. Sie hatte sich dazu entschieden, Frankreich, Italien und Spanien zu bereisen, und zwar ausgiebig. Sie wollte dort auch arbeiten, ihr Drang nach Freiheit hatte sich in den letzten Wochen herausgebildet. Einen anderen Beruf wünschte sie sich, und so war sie voll im Umbruch und auf dem besten Weg, ihr Leben zu verändern. Ihre Mutter würde sie für verrückt erklären, doch das war ihr egal, komplett egal. Bedingt durch Oma Lenchens Goldschatz fühlte sie sich so befreit.

\*\*\*

Das Restaurant Elodream war ein Erlebnis, und das nicht nur kulinarisch. Das Lokal war im Stil der Ponderosa Ranch gehalten – wie früher aus der Fernsehserie Bonanza. Jedes Mal, wenn ein Essen fertig war, ertönte per Gong automatisch die Anfangsmelodie von Bonanza. Für die Gäste spaßig, doch für das Personal? Sicher hörten sie die Melodie überhaupt nicht mehr, überlegte Linda.

Mam besprach Einzelheiten wegen der Deko in der Hochzeitskapelle und dem Lunch. Das Hochzeitsmenü stand fest und war in einer effektvollen Location etwas außerhalb von Las Vegas bestellt. Diesmal sah das von Mam und Karl ausgesuchte Hotel wie eine Hazienda im mexikanischen Stil aus, und das Menü bestand aus mexikanischem Essen. Sie scheuten keine Kosten für ihre Gäste, denn sie hatten Zimmer zum Übernachten gebucht.

Hoffentlich konnten sie sich das leisten, sorgte sich Linda

innerlich. Sie bedauerte, dass Basti nicht da war. Er fehlte ihr, das wurde ihr in Las Vegas klar. Es wäre herrlich gewesen, wenn sie das gemeinsam hätten erleben können, dachte sie. So in ihren Gedanken versunken, schaute sie zu Katinka und Mitchell, die am anderen Ende des Tisches saßen. Es war unübersehbar – die zwei hatten sich verliebt.

*Katinka genieße deine neue Liebe! Wie lange die Liebe hält? Wer sollte das wissen?*

\*\*\*

Linda und ihre Mutter betraten voll Freude den Spa-Bereich ihres Hotels. Dieser war im maurischen Stil gehalten, und sie kamen sich wie Prinzessinnen vor. Das fühlte sich an wie in einer anderen Welt: So herrlich in rosé- und türkisfarbenem Licht war die Badelandschaft getaucht, und sie schwammen ihre Runden im Swimmingpool inmitten dieser zauberhaft anmutenden Szenerie. Der Termin zur Beautybehandlung war erst um 18 Uhr, und so hatten die beiden genügend Zeit.

»Mam, wie du weißt, hat mir Paul die Holztruhe von Oma Lena zurückgebracht. Und als ich die Truhe verschönert habe und innen den alten Stoff entfernte, entdeckte ich unter den Holzlättchen am Boden ein Geheimfach mit einem Brief sowie Goldmünzen und Schmuck.«

Sie erzählte dies mit leiser Stimme ihrer Mutter, da auch andere Hotelgäste anwesend waren. Ihrer Mam war das egal.

»Ist nicht wahr, Linda!«, rief sie.

»Wie viel sind die Münzen wert? Rede ruhig normal, hier kennt uns sowie keiner!«

»Ich habe die Münzen und den Schmuck auf uns beide verteilt und in ein Schließfach bei meiner Bank in Leer gegeben. Für jede von uns sind es ca. siebzehntausend Euro, kommt auf den Goldkurs an. Ich habe von meinem Teil etwas eingetauscht und ein wenig in mich investiert. Ich habe mir einiges zum Anziehen gekauft. Mam, ist das nicht großartig? Den Brief zeige ich dir, wenn wir wieder zuhause sind. Oma Lenchens Eltern hatten den Goldschatz in die Truhe gelegt als Notgroschen für ihre Tochter, und jetzt hilft es uns weiter!«

»Linda, du kannst den Schatz behalten! Ich habe meine Lebensversicherung ausbezahlt bekommen, und das Reisebüro läuft vorzüglich. Karl ist Beamter und hat ein Haus. Außerdem hatten wir in Las Vegas Glück im Spiel!«

»Bist du dir sicher Mam?«

»Ja, Liebes!«

»Mam, da gibt es noch etwas Neues: Ich möchte mich beurlauben lassen und durch Frankreich, Italien und Spanien reisen, dort ein wenig arbeiten. Land und Leute kennenlernen, davon träume ich schon lange! Und ich möchte einen anderen Beruf lernen, zum Beispiel Raumausstatterin. Ich könnte das erstmal neben meinem Verwaltungsjob ausüben oder so? Mir hat es solch eine Freude bereitet, meine Wohnung neu zu gestalten, weißt du?«

»Das sind ja Neuigkeiten! Du hast dafür definitiv ein Händchen!

Mach das, und mit dem Geld von Oma Lena kannst du das realisieren, und ich helfe dir, das ist doch klar! Falls du einen Job außerhalb der Verwaltung brauchst: du kannst jederzeit bei mir im Reisebüro aushelfen!

Linda, wollen wir zwei darauf ein Glas Sekt trinken?«

»Ja, gerne, Mam!«, antwortete Linda erfreut.

Der Sekt wurde bestellt, und beschwingt stießen sie auf die Zukunft an.

Die Zeit im Spa verging zu rasch, und das Verwöhnprogramm mit Massage und Behandlung für die Haut genossen sie in vollen Zügen.

»Wir essen heute im Hotel beim Italiener, ist praktisch hier, weil so viel geboten wird. Wollt ihr Mädels mit uns essen?«

»Ja, gerne, Mam, bei Katinka weiß ich es nicht, ob sie sich mit Mitchell verabredet hat.«

»Karl hat um 20:30 Uhr einen Tisch bestellt, wenn du magst, kannst du uns abholen. Wir haben Zimmer 223 im zehnten Stock … nein, wir treffen uns 20:20 Uhr in der Lobby des Hotels. Okay?«

»Klar, Mam!«

Ihre Mam und ihre genauen Zeitvorgaben, die würden ihr künftig fehlen. Sie umarmte ihre Mutter spontan und sagte:

»Ich freue mich auf morgen, Mam!«

»Ich verrate dir was, Linda!«, meinte ihre Mutter schelmisch. »Ich mich auch!«

Eingehakt und bestens gelaunt verließen sie den Spa-Bereich des Hotels. In ihrem Hotelzimmer angekommen, schmiss sich Linda auf ihr Polsterbett.

»Wie herrlich ist das denn! Morgen heiratet Mam!«

Sie fühlte sich rundum zufrieden und glücklich – wäre da nur nicht dieses nagende Gefühl wegen Basti gewesen – sie fand es immer noch schade, dass er nicht da war. Unlustig mischte sie die Flaschenpostkarten und zog eine Karte. Sie zog die Karte mit dem Spruch *Ich will die Taube auf dem Dach.*

Genau so sah es für sie aus. Sie wollte die Taube auf dem Dach.

»Ich will Basti!«, plärrte sie theatralisch los.

Sie lachte, denn sie kam sich kindisch vor. Sie wollte Basti – und heulte dabei laut auf wie ein Hundebaby.

*So geht das hier nicht, oder doch Linda? Wenn es aber doch so ist?*

Von den so genannten Spatzen in der Hand hatte sie die Nase voll, sie wollte die Taube, und die Taube hieß Sebastian.

Sie schrieb ihm eine WhatsApp-Nachricht:

*Hallo Basti,*
*Du fehlst mir! Ich würde das hier gerne mit Dir zusammen erleben.*
*Nächste Woche bin ich wieder in Leer und ich freue mich auf Dich.*
*Tausend Küsse Linda*

Eventuell hätte sie inniger schreiben können, doch das war schon viel für ihre Taube namens Basti, meinte sie.

Das Gespräch mit ihrer Mam zuvor im Spa war so sagenhaft für sie gelaufen, die geplante berufliche Veränderung hatte sie ihrer Mutter prima präsentiert. Das Tollste war: ihre Mam hatte Verständnis für sie.

Die Tür ging auf und Katinka schwebte herein.

»Was ist denn mit dir los?«

Sie traute ihren Augen nicht, das lag nicht nur an dem heftigen Sonnenbrand, den sich Katinka im Gesicht eingehandelt hatte, sondern an ihrem Gesichtsausdruck – dieser war nicht von dieser Welt.

»Mich hat es voll erwischt, Linda! Das darf nicht wahr sein! Ich bin doch ein verrücktes Huhn, muss ich mich jetzt in einen Brautausstatter aus Las Vegas verlieben? Wie konnte mir das passieren, dass ich mich in diesem Tempo verliebe?«

Katinka setzte sich mit dramatischer Geste in den Sessel.

»Deine Haut im Gesicht ist knallrot, du hast einen irren Sonnenbrand! Geh ins Bad und mach dir eine Creme auf deine Haut, sonst siehst du morgen früh aus wie ein Feuermelder!«

»Ja, du hast Recht«, sagte Katinka gedehnt.

Katinka verschwand im Bad und duschte. Mit dem weißen Bademantel des Hotels bekleidet kam sie wieder in das Zimmer und legte sich auf ihr Bett. Sie hatte sich auf ihre Gesichtshaut eine beruhigende Feuchtigkeitsmaske aufgelegt.

»Was hatte ich einen wunderbaren Mittag mit Mitchell! Wir verstehen uns wortlos! Du ahnst nicht, wie schön die Stunden mit ihm waren«, schwärmte Katinka.

»Du wirst es mir gleich sagen«, meinte Linda ironisch und gespannt.

»Wir fuhren ins Pinkland Resort, ich bin hin und weg von dem Ort! In Las Vegas so einen paradiesisch anmutenden Fleck zu finden und sich dort aufzuhalten! Sagenhaft! Wippende Palmen und Wasserläufe, dieses Plätschern – wie Musik in meinen Ohren, das kann ich dir sagen! Und Linda, stell dir vor, er hat mir gesagt, dass er sich in mich verliebt hat! Wir sind beide verliebt, ist das nicht herrlich? Und die Flamingos, echte Flamingos, eine Herde Flamingos waren dort zu sehen – keine Herde Kühe wie in Ostfriesland. Flamingos, verstehst du? Wenn ich das nächste Mal nach Las Vegas komme, möchte ich mir am liebsten dort ein Zimmer buchen.«

»Meine Güte, da seit ihr aber schon weit gekommen, wenn du wieder nach Las Vegas fliegen willst. Ich verstehe das, ich würde am liebsten mit Basti hierherfliegen und Las Vegas mit ihm erkunden.

Katinka, warum sind wir nicht früher auf so eine Idee gekommen? Da müssen erst meine Mam und Karl in Las Vegas heiraten, bis wir die Idee bekommen uns Las Vegas anzuschauen! Mam und Karl wollen beim Italiener hier im Hotel essen. Gehst du mit oder triffst du Mitchell nachher?«

»Wir treffen uns später. Macht es dir etwas aus, wenn ich nicht mitgehe?«

»Blödsinn, ich freue mich für dich, du verliebte Maus! Und wie ich mich für dich freue, genieße es!«

»Und meine Tage habe ich heute Mittag auch bekommen, diese Sorge bin ich los!«

»Hast du den Stein fallen hören? Katinka das sind super Neuigkeiten!«

Die Freundinnen fielen sich in die Arme und kleideten sich in Hochstimmung an.

»Ich habe ab morgen wieder Eltern, Katinka! Wenn das kein Glück ist … und den Karl mag ich!«

»Da hast du echt Glück, Linda! Und ich habe mich verliebt, und ich bin happy!«

Linda hatte ihr smaragdgrünes Etuikleid an und trug eine Menge Modeschmuck – das tat sie sonst nicht –, doch heute war ihr nach Weihnachtsbaumdekor. Katinka hatte ein vanillegelbes Sommerkleid an und in den Stoff waren zarte Schmetterlinge eingestickt.

»Hoffentlich bin ich nicht zu schick für unser Treffen, am Ende kommt Mitchell in Shorts und Badelatschen!«

»Ist doch egal, komplett egal, du siehst umwerfend aus, Katinka! Wenn er sich nicht schon total in dich verliebt hat, dann spätestens jetzt!«, rief Linda überschwänglich.

Beide machten sich vergnügt auf den Weg zur Hotellobby, und danach trennten sich ihre Wege.

»Sag deiner Mam und Karl einen schönen Gruß von mir!«

»Ja, mache ich, Katinka, und viel Spaß dir und Mitchell!«

Linda konnte Karls Stimme hören, der sich unbemerkt neben sie gestellt hatte.

»Ich habe meinen Hochzeitsanzug vorhin geliefert bekommen und habe ihn vor deiner Mutter versteckt!«

Das war ihrer Mam nicht entgangen, und sie sagte, ehe Linda antworten konnte:

»Ich sehe ihn doch morgen, Karl, ist das nicht ein bisschen kindisch von dir?«

»Nein, ich darf dein Hochzeitskleid auch erst morgen früh sehen!«

Linda sah von Karl zu ihrer Mutter und war entzückt über ihre verliebte Kabbelei.

»So verliebt heiraten, und das in eurem Alter! Katinka trifft sich heute Abend mit Mitchell, ich sollte euch noch einen schönen Gruß von ihr ausrichten!«

Linda dachte nach. Hatte sie »in eurem Alter« zu Mam und Karl gesagt? Sie kam sich blöd vor, es war doch herrlich, die Hochzeit der eigenen Mutter zu erleben. Selbstkritisch wie sie war, entlarvte sie ihr Gefühl als ein winziges Stückchen Neid. Nicht garstig, aber so viel, dass es motivierend wirkte auf Linda.

»Na, hör mal, wir sind doch im besten Alter!«, rief ihre Mam gespielt empört.

Gemeinsam betraten sie die Pizzeria des Hotels, bestellten eine Familienpizza zu dritt und jeweils einen Salat. Hungrig waren sie, und aufgeregt, denn morgen war der Tag der Tage: der Hochzeitstag von Mam und Karl. Sie aßen, unterhielten sich angeregt, und Karl erzählte Witze. Die Stimmung war ausgelassen und heiter.

»Wir gehen nach dem Essen in unser Zimmer, Linda! Morgen wird unser Tag und da wollen wir ausgeschlafen sein.«

»Ja, klar doch, Mam! Ich schau mal, ob das Nagelstudio offen hat, und lass mir die Fingernägel verschönern.«

»Ja, mach das. Linda, wir haben für die Hochzeitsnacht Zimmer im Hotel Flamenco gebucht, insgesamt drei Zimmer. Für uns ein Doppelzimmer, und für Katinka und dich ein Einzelzimmer. Sagst du Katinka Bescheid, dass sie für eine Nacht eine Tasche packt? Die Weddingplaner haben so klasse gearbeitet und alles organisiert: Die Hochzeitskapelle, das Hochzeitsmenü im Hotel, die weiße Stretchlimousine sowie den Blumenschmuck!«

»Wow, Mam, du und Karl, ihr seid echt einmalig!«

»Wir hatten Glück in Las Vegas, wie ich dir sagte, und da macht es uns Spaß, euch zu verwöhnen! Morgen früh elf Uhr pünktlich vor dem Hotel, da werden wir abgeholt. Sind eure Kleider geliefert worden?«

»Ja, hat alles geklappt.«

Karl und Mam verabschiedeten sich nach dem Essen, und Linda schlenderte in den hoteleigenen Wellnessbereich zurück, denn dort hatte sie ein Nagelstudio für Nägel im American Style gesehen. Sie ließ sich im Malibu-Style künstliche Fingernägel machen, d. h. echt kitschig mit Palmen, Meereswellen und Flamingos auf den langen Nägeln. Das hatte sie sich gewünscht, solche verrückten Fingernägel. Ein Punkt mehr, den sie auf ihrer Lebe-sofort-Liste abhaken konnte. Ihre neuen Nägel fand sie genial. Doch sie fragte sich, wie sie mit den Krallen umgehen sollte, ob sie dafür einen Waffenschein beantragen musste.

*Was soll's, egal, komplett egal!*

Sie hatte die Monsternägel jetzt und würde einmal sehen, wie sie damit klarkam. Gekürzt und überlackiert sind sie gleich wieder.

Im Nagelstudio hatte sie ein Vermögen für diese Minikunstwerke auf ihren Nägeln hingelegt und dafür fast zwei Stunden gesessen.

Total happy und voller Überschwang betrat sie ihr Hotelzimmer.

»Katinka! Bist du schon da?«

Leider war sie nicht da, und Linda hatte das Zimmer für sich.

Nachdem sie in ihr Nachthemd geschlüpft war und sich Mineralwasser eingeschenkt hatte, betrat sie den Balkon ihres Zimmers. Der Anblick des glitzernden und über und über in allen Farben leuchtenden lebendigen Las Vegas ließ sie vibrieren vor Glück. Sie zwickte sich kurz in den Arm, um zu schauen, ob es wahr war.

Das verregnete Ostfriesland weit weg, und morgen die Hochzeit von Mam und Karl – wenn das kein Grund zur Freude war, dachte sie.

Sie trank ihr Mineralwasser aus und legte sich schlafen.

Später wurde sie jäh aus dem Schlaf gerissen, denn Katinka kam aufgedreht ins Zimmer.

»Oh Entschuldigung, meine Nase ist krumm, und morgen ist Beerdigung!«, alberte sie.

»Morgen ist Hochzeit und keine Beerdigung«, brummelte Linda verschlafen.

»Ja, war doch nur ein Witz!«

»Du hattest einen schönen Abend?«

»Ja, es war nur herrlich! Stell dir vor, Mitchell und ich wollen zusammenbleiben!«, platzte es aus Katinka heraus.

»Wie? Zusammenbleiben? Ihr wart doch erst essen heute Abend?«, staunte Linda.

»Ja, aber wir sind uns sicher, dass unsere Liebe eine Zukunft hat!«

»Wow, das nenne ich Tempo. Warum nicht? Dass ich es nicht vergesse … Mam hat uns für morgen zwei Einzelzimmer für die Übernachtung im Hotel, nach der Hochzeitsfeier gebucht. Du solltest dir noch dein Nachthemd und Zahnbürste in eine Tasche packen!«

Linda gähnte und streckte ihr ihre Hand mit den neuen Krallen entgegen.

»Schau mal!«

»Linda, das sieht klasse aus! Echt künstlerisch!«

Die Freundinnen unterhielten sich, und nachdem Katinka im Bett lag, kehrte Ruhe ein und sie schliefen.

Durch den Weckruf des Hotels um halb neun wurden sie wach. Sie schlüpften nach einer Katzenwäsche rasch in ihre Jeans und Shirts und machten sich auf zum Frühstücken, denn sie hatten vereinbart, dass jeder so zum Frühstücken geht, wie es zeitlich am besten passt. Anschließend wurde geduscht und sich für die Hochzeit aufgehübscht.

Fix und fertig gerichtet, saßen sie auf ihren Betten im Hotelzimmer und warteten darauf, nach unten in die Hotellobby gehen zu können. Mit Mam und Karl waren sie um elf dort verabredet – ihre Mam hatte es so gewollt.

Linda hätte sonst schon lange das Zimmer ihrer Mam aufgesucht gehabt, denn sie war total gespannt, zu sehen, wie Mam und Karl an ihrem Hochzeitstag aussahen. Es fiel ihr schwer, doch sie respektierte den Wunsch ihrer Mutter. Nachdem sie und Katinka sich beide ausgiebig in ihren neuen Kleidern bewundert hatten – sie sahen in ihren neuen Kleidern wie zwei schwebende bunte Pralinen aus –, zogen sie gemeinsam eine Karte von den Flaschenpostkarten. Die Botschaft dieser Karte lautete:

*Schaue vorwärts – Mut ist Lebensglück.*

Genau, das wollten sie. Sie sprudelten vor neuen Ideen.

Seit dem Vortag schon hatte Linda das Gefühl, dass es außer ihrer Arbeit in Leer mehr gab. Basti gehörte dazu, das war ihr in der kurzen Zeit der Trennung in Las Vegas bewusst geworden. Sie hatte so eine Sehnsucht nach ihm.

Sie atmete tief ein und freute sich, heute mit ihrer Mutter, Karl und Katinka die Hochzeit zu feiern.

»Wir sollten langsam in Richtung Hotellobby gehen! Was ich dir sagen wollte, Katinka, ich bin so dankbar für unsere Freundschaft!«

»Ja, Linda! Danke für deine Freundschaft!«, sagte Katinka mit sanfter Stimme.

Untergehakt warteten beide am Fahrstuhl und sahen sich in die Augen. Es war dieser tiefgründige, alles wissende Freundinnenblick.

Als sie die Hotellobby betraten, reckten sich die Köpfe der anwesenden Gäste nach ihnen, und sie spürten ihre Blicke. Mam und Karl waren nicht da, doch wieder drehten sich die Köpfe in Richtung Fahrstuhl: Mam und Karl kamen aus einem der Fahrstühle. Diesmal klatschten die Gäste in der Hotellobby Beifall vor Begeisterung und Freude.

»Mam! Karl! Ihr seht umwerfend aus! Echt himmlisch!« Katinka stimmte Linda hellauf begeistert zu. Linda liefen links und rechts vor Rührung die Tränen über die Wangen.

»Oh, jetzt fange ich schon an zu weinen, dabei seid ihr noch nicht verheiratet!«, rief sie weinend und lachend zugleich.

Karl trug einen bordeauxfarbenen Hochzeitsanzug mit goldenen Knöpfen, piekfeine Wildweststiefel und einen hellbeigen Cowboyhut. Er sah aus wie ein reicher Rancher, der geradewegs vom Filmset seines letzten Wildwestfilms kam. Verwegen männlich stand er neben seiner Braut. Mam in ihrem Königinnenbrautkleid mit weißer Spitzenkorsage, ein Teil des Rocks war seitlich hochgerafft, so dass ihre gebräunten Beine zu sehen waren. Sie trug zierliche Pumps in Perlweiß mit goldener Zierschnalle. Die Korsage brachte ihren Busen vorteilhaft zur Geltung. Um ihren Hals trug sie eine Goldkette mit einem edlen Anhänger. Linda fragte sich, ob das ein Diamantanhänger war, passend zu dem Ring, den Karl ihr geschenkt hatte. Ihre Mam hatte ihr Haar hochgesteckt mit funkelnden Steinchen und war so wunderhübsch.

Mam und Karl strahlten um die Wette, bis ihre Mam sagte:

»Lasst uns rausgehen, ich glaube, draußen wartet die Stretchlimousine schon!«

»Wie Millionäre sehen wir aus!«, meinte Linda und betrachtete die weiße Stretchlimousine, die vor dem Eingang des Hotels wartete.

Der Chauffeur stieg aus, öffnete die Wagentür und war dabei, ihrer Mutter und Karl in die Limousine zu helfen. Linda fiel fast in Ohnmacht, sie konnte es nicht fassen. Das konnte nicht sein, dachte sie.

»Moin Linda!«, sagte eine Stimme, und sie schaute unvermittelt in Bastis Augen. Sie fiel ihm um den Hals, und ohne Rücksicht auf Kleid und Make-up küssten sie sich hingebungsvoll.

»Wie kommst du denn hierher?«

»Deine Mutter und Karl waren so großzügig, mich nach Las Vegas zur Hochzeit einzuladen! Ich konnte doch die Hochzeit meiner quasi zukünftigen Schwiegereltern nicht verpassen!«, erklärte er humorvoll.

Was für eine Überraschung. Alle strahlten, und auch die Sonne in Las Vegas.

Der echte Chauffeur kam und sagte:

»Bitte einsteigen, Ladies und Gentlemen, sonst verpassen Sie die Trauung!«

Mam, Karl und Katinka, Basti und Linda saßen alle zusammen in der Limousine. Linda fühlte sich wie im Siebten Himmel oder wie in einem ihrer Liebesfilme, die sie so gerne schaute. Diese Fahrt zur Hochzeitskapelle konnte von ihr aus lange dauern.

Basti legte seinen Arm um sie, und sie schauten sich tief in die Augen. Er sagte:

»Und, Linda, bist du glücklich? Was würdest du wählen, wenn jetzt eine Fee in der Limousine sitzen würde?«

Sie kuschelte sich an ihn und erklärte:

»Ich wähle die Liebe!«

Gratis ins Glück *Roman*  Februar 2019

Autorin Martina Heyd

Korrektorat: Daniel Schneider
*www.fehler-haft.de*

Covergestaltung: Andrea Muntaner Alomar-Schäfer
*www.vercopremadebookcover.de*

Motiv: Gemälde von Martina Heyd

Betrachte die Gemälde aus dem Buch und besuche die
Autorin :
*www.martinaheyd.com*

Alle in diesem Buch verwendeten Namen, Charaktere, Orte
und Handlungen sind frei erfunden, und jede Ähnlichkeit mit real existierenden Schauplätzen, Ereignissen oder
Personen sind rein zufällig und nicht beabsichtigt. Alle er-
wähnten Marken- und Warenzeichen sind Eigentum ihrer
jeweiligen Besitzer.